だいわ文庫

ひとり酒の時間 イイネ!

東海林さだお

JN061615

大和書房

ひとり酒の自己弁護

東海林さだお

実を言うと、ぼくはいまだにこの問題の答えを得られていない。
この問題というのは、ほかでもない「どうやったらひとり酒を楽しめるか」です。
二十代で酒を飲み始めて以来ずっとこの問題に取り組んできた。
考え得るかぎりのことをやってきたつもりなのだがいまだにうまくいかない。
居酒屋に一人で行ってひとり酒を楽しく飲みたい。
その願望はずっと続いているのだがどうしてもうまくいかない。楽しく飲めない。
なぜ楽しく飲めないのか。
結局のところ、早い話が、すべて〝自意識過剰〟にある、ということはわかっている。
そのことは最初からわかっている。
みんなが楽しくワイワイ飲んでいる中で、ただ一人、しんねり、むっつり飲んでいる人（自分）を周りの人はどう見ているか。
（雰囲気こわれるんだよナ）
（気味悪いんだよナ）
と思っているのではないか。
こういう設問に対する答えはいつも決まっている。
「だーれも一人客のことなんか気にしていないよ」
というものである。
そのとおりなのだ。だーれも気にしていないのだ。
ただ楽しくワイワイ飲んでいるだけなのだ。
でも、そのワイワイのほんの一瞬、しんねりの人をチラッと見て、
（なんだ、あいつ。お友だちいないのか）
（性格がわるくて誰も寄りつかないのか）
なんて思ったりすることもたまにはあるのではないか……。
いや、ある、あり得る、ないはずない、絶対にある。
現にこうして、たったいま、あそこで飲んでるあいつはオレの方をチラッと見た。
そういう思いが、ここにこうして一冊の本になったりしてしまうわけなのです。

ひとり酒の時間 イイネ！ 目次

1章 お店でひとり酒編

2章 ひとり酒の流儀編

3章 挑戦！　ひとり酒編

ほろ酔い対談

4章

仲間と酒編

5章 昭和の酒編

1章
お店でひとり酒編

ひとり酒の作法

一人で酒を飲むのはむずかしい。

つくづくむずかしい。

ときたま、外で、一人で酒を飲まなければならないときがある。

相手もいないし、夕食はとらなければならないし、ついでに酒も飲みたいし、というようなときだ。

そういうときは、大体、居酒屋みたいなところに入る。

なるべく大きな店に入る。

収容人員三十名以上、というのが一つの目安である。

居酒屋では、一人客は少数派である。

したがって、一人客は目立つ。

収容人員が多ければ多いほど、周りの騒ぎにまぎれて目立たなくなる。

周りが酔ってワイワイ騒いでいる中で、独り黙々と酒を飲み、つまみを食べる。わきかえるような喧噪《けんそう》の中で、そこのところだけ、ポッカリと、陰気と沈黙と停滞の空間ができている。

一人客が店内でできることは、酒を飲むことと、つまみを食べることだけである。

黙々とビンからコップにビールを注ぎ、これをグイと飲み、つまみを食べる。

これが終わるとまたコップにビールを注ぎ、グイと飲み、またつまみを食べる。

これが終わるとまたコップにビールを注ぎ、グイと飲み、またつまみを食べる。

いくら書いてもきりがないが、しかし、これ以外のことを何かしようと思っても何もできないのだ。

そこでまた、黙々とビンに手を出し、コップにビールを注ぎ、これをグイと飲む。つまみを食べる……。

〝黙々と〟と書いたが、黙々以外の行動はできない状態にあるのだ。

〝何事かつぶやきつつ〟ビンに手を出したら、その周辺から、一人、二人、と人が去っていくことになるだろう。

一人客の印象は、周りの人の目から見れば、どうしたって「しんねり」であり「むっつり」である。特に「むっつり」のほうの印象が強い。

これとても、「むっつり」している以外にどうすることもできないのだ。

ウヒャヒャなどと、一人で笑っていたりすれば、さらに数人がその周辺から去っていくことになる。

「しんねり」と「むっつり」のほかに、一人客には「孤立」とか「不首尾」とか「不運」とか「落莫《らくばく》」とか、そういった印象もつきまとう。

一人で飲んでいる人は、どうしてもそう見える。

何か楽しいことを考えながら飲んでいるのかもしれないのに、「反省」とか「悔恨」とか「無念」のさなかにあるように見えてしまう。

いい印象は一つもない。

周りから、そういう目で見られていることが自分でわかっているから、一人客はどうしても一層いじける。

ビールをコップに注ぎ、これを飲み、つまみの焼き魚などをつついているとき、すなわち、何らかの行動を起こしているときは、周囲に与える印象はそれほどわるくない。

（彼はいま、あのように忙しいのだ）

と周りの人も納得してくれる。

問題は、これら一連の動きがとまったときである。

ただ単に、飲食をちょっと休憩しているだけなのだが、これを「黙考」ととられてしまう。

「黙考」のポーズは「反省」「悔恨」の雰囲気があり、それが「不運」「落莫」の気配をただよわせてしまうのである。

これを防ぐためには、一人客は、絶えまなく飲み、絶えまなく食べなければならない。

だから、誰でもそうだと思うが、一人で飲むときはどうしてもピッチが速くなる。

ふだんの倍ぐらいのピッチになる。

なにしろ、ちょっとでも休むと、それが「黙考」ととられ、「反省」「悔恨」につながり、「不運」「落莫」に結びつくと思うから、休むことができない。

大盛りの枝豆をいっときも休むことなく食べ続け、ふと気がつくとアゴが痛くなっていた、なんてことさえある。

一人客は、休むことを許されない。

常に行動していなければならない。

そういう意味では、つまみになるべく手数のかかるものがいい。

枝豆、焼き魚、イカ姿焼きなどは、一人客にはうってつけと言える。

焼き魚、煮魚のたぐいは、切り身より丸一匹のもののほうがよい。骨から身をはずしたり、小骨をとったり、アゴのあたりをほじくったりして時間をかせぐことができる。

「シュウマイ三個」などというのはできることなら避けたい。
あっというまになくなってしまう。
「甘エビ三尾」も避けたい。
これはもっとあっけない。
「しらすおろし」も量が少ないから避けたい。
「なめこおろし」も避けたい。

〝店内の文字〟も、「黙考」ととられないための手段として有効に働く。
何かを読むという行為は、明らかに「黙考」ではない。
まずメニューを読む。すみからすみまで読む。
メニューのおしまいのところの、「チェーン店一覧」のところまで読む。
（そうか、第十四支店まであるのか）
と、第十四支店の電話番号まで読む。
メニュー精読が終了すると、次は店内の貼り紙を一つ一つ、はじから点検していく。

「冷えてます　生！」

（そうか、「冷えてます　生！」か。そうか、そうか。なかなかいいじゃないか。まず「冷えてます」と、こうくるわけだな。そしておいていきなり「生」と、こうもってきたわけだ。うん。この順序がいいわけだ。「生が冷えてます」。これじゃいけないんだよね。うん）

と、「冷えてます　生！」だけで三分はもつ。さらにもう一枚。

「整理、整とん」

と、ある。

これは従業員向けの貼り紙である。

（うん。これは従業員向けの貼り紙だな。うん。店長かなんかが自分で書いて貼ったんだな。うん。しかし、そのわりにこの店は整理整とんがゆきとどいてないじゃないか。まてよ、そうか。それだからこそ、こうして「整理、整とん」とわざわざ書いて貼ったわけだ。そうなんだ。うん、わかったぞ）

と、ときどき大きくうなずいたりして、「整理、整とん」だけで四分はもつ。

店内の文字という文字、ことごとく読み終える。

灯りのついた「避難口」という文字までじっくりと読み終える。
あとはもう、何もすることがない。
二人づれで来て、話し相手のいる人がつくづくうらやましい。
どんなに相性のわるい人でもいいから、そばにいてほしいと思う。

一人生ビール

〃一人生ビール〃というのをやったことありますか。

ひとり酒というのは、日本酒で執り行われることが多く、美空ひばりさんの〽ひとり酒場で飲む酒は、という歌の酒も多分日本酒だと思う。

ビールでひとり酒というのはどうもしっくりこない。

ひばりさんの歌は、このあと〽別れ涙の味がする、ということになり、ひとり酒というのはもともと陰気酒であるから、酒場で一人、しきりに徳利を傾けることになっていくわけで、これがビールだと、一人酒場でしきりに何本もビール瓶をあけることになり、おなかがガボガボになり、おなかガボガボは〃別れ涙の味がする〃という世界と合わない気がする。

まして生ビールとなると、いっそうおなかがガボガボになり、いっそう別れ涙に合わなくなる。

生ビールは当然ビアホールで飲む。

ビアホールで一人生ビールをやっている人は、あんた、そこで何やってんの、という気分を周辺に与える。

ときどき
眼下に
目を
ナイフ
フォークで
生ビールも
オツ

ところがですね、実際にやってみるとなかなかいいものなのです。

ビアホールで生ビールでひとり酒。

しかも昼間。

昼間といっても、三時、四時というあたり。

まだ閑散としたビアホールで、一人生ビールのジョッキを傾ける。

四人掛けのテーブルにゆったりと一人ですわり、ときどきジョッキを傾けてはツマミをつまみ、持参の本に目を落としては読書にふける。（週刊誌で

すけどね）

夜、六時以降の喧噪がウソのような静かな店内。

こういう場合のビアホールは、あまり大きいのは困る。

体育館みたいに大きなビアホールでは気分が出ない。

ほどほどの広さ、ほどほどの客。

神田神保町の靖国通り沿いにある「L」（ライオンではありません）は、まさにそういうビアホールだ。

ぼくはここで一人生ビールを執り行うために、十日にいっぺんぐらい出かけて行く。

この店は、ぼくの考えている一人生ビールの条件をすべて満たしている。

まず店へ行くまでの道の勾配がその条件を満たしている。

JRのお茶ノ水駅の改札を出て、明治大学沿いの坂をだらだらと降りて行くわけだが、この坂の勾配が、ビアホールに向かう気分にぴったり合う。

ほどのよい坂を降りて行くとき、人は楽しい気分になる。心がリラックスする。

これから生ビールを飲むんだ、という楽しい気分になる。

これがもし昇り坂だったらどうか。

しかも鎖を伝わって這《は》い昇って行くような急勾配だったら、とても生ビールの気分にはならないだろう。

この快適な坂を下って行って三省堂書店の前の交差点を右に曲がって一分程のところに「L」がある。

駅から歩いて約七分。

この七分という距離がまた、生ビールに至るまでの距離としてピッタリなのだ。

これがもし、歩いて二時間、などということになると生ビールどころではなくなる。

ほどよい汗、ほどよい疲れが生ビールをいっそうおいしくしてくれる。

この辺一帯を歩いている人々もまた、生ビールに合う人たちなのだ。

歩いているのはほとんど学生で、これから人生が始まるという人ばかりだ。

若い熱気は生ビールに合う。

これがもし、巣鴨だったらどうか。

巣鴨のとげぬき地蔵状態だったらどうか。

生ビールはやめて渋茶にダンゴにしよう、ということになる。

ほどよい汗、ほどよい疲れののち「L」到着。

いつもの定席、二階の道路沿いのガラス窓に沿った席にすわる。

この席は、目の下がすぐ道路、すなわち目の下すぐのところを通行人が歩いている。

この席は、別に、特に、これといった利点はないのだが、ときどきいまはやりのキャミソールの娘が歩いて行ったりする。

キャミソール娘が三人づれで歩いて行ったりする。

キャミ娘《むす》。をま上から見るとどういうことになるか。

それが三人だから、×《かける》三ということになるとどういうことになるか。

迷惑に思う、という人は少ないはずだ。

この日はまずタン塩とエビフライをとった。
生ビール、五六〇円
ここのジョッキがまた、生ビールにぴったりの大きさなのだ。
大き過ぎず、小さ過ぎず、ジョッキの壁に泡の横線三本で空になる。
さっき、タン塩とエビフライをとったと書いたが、それを読んで、
「タン塩はいいけどエビフライは生ビールに合わないいんじゃないの」

と、ややさげすみつつ思った人も多いはずだ。
そういう人はこの店のエビフライを知らないからだ。
全長二十二センチ、直径三センチのエビが堂々二本、マカロニサラダとトマトを従え湯気をあげて横たわっている。アツアツ、トゲトゲのとこにタルタルソースを無視してソースをかけ、ナイフでブッリと切って口に入れる。

エビフライがこんなに生ビールに合うとは、と、誰もが思うはずだ。

ふと前を見ると、やはり一人生ビールの客が一人ゴクゴクやっていて、ときどき眼下に目をやっているのでありました。

定食屋でビールを

夕方の七時ごろ、一日の仕事が終わって、さて、今夜は何を食べようか、と思ったとたんサンマが浮上してきた。

うん、まずサンマ。サンマの塩焼き。

プチプチ、ジュウジュウ脂のはぜるアツアツのサンマ。

サンマの塩焼きとなれば、当然ゴハン。白いアツアツのゴハン。

ま、いきなりゴハンというのもなんだから、当然、その前にビールだな。

ビール一本きりというのもなんだから、そのあと熱カンも一本ということになるな。

ということになると、サンマ一匹ではとてももたないから、当然もう一品ということになるな……。

肉豆腐なんてのはどうだ。

サンマ、肉豆腐、と続いたあとは、少しさっぱりしたものがいいな。うん、ホウレン草のおひたし。おかかたっぷし……。

というふうに考えていくと、これは当然定食屋ということになるな。

定食屋で真面目にビールをのむ青年
紫色のコップ
デコラのテーブル

居酒屋でもいいけど、居酒屋で白いゴハンというのもなんだし……。

結果、足は定食屋に向かった。

定食屋というものは、近年、次々に姿を消しつつある。おや、この定食屋、店を閉めちゃったな、と思っていると、そのあとがいつのまにか「てんや」とか「ミスタードーナツ」とか「モスバーガー」になっていたりする。

こういう現象はとても寂しい。どこの駅のどの店も、その店に入る前から味が予測できるというのは寂しい。

その点定食屋は一軒一軒味が違う。

サンマの焼き方だって一軒一軒違う。

定食屋が年々姿を消していくなかで、わが西荻窪だけは定食屋の豊作地帯だ。わが仕事場から歩いていける範囲で、たちどころに五軒の定食屋を数えあげることができる。

そのうちの一軒の、白いノレンを押して入って行った。

とにもかくにも、まずサンマ。

黒板に書いてあるメニューを見ると、本日のサンマ定食は「サンマ開き定食　六五〇円」となっている。

ぼくは開きじゃないほうのサンマを食べたいのだ。

注文を取りにきたオバチャンに、そのことを説明しようとするのだが、開きじゃないほうのサンマを説明するのは意外にむずかしい。つい、あせって、

「あの、ホラ、こう、丸いほうのサンマというか、本格的のほうのサンマはないんですか」

と訊くと、ホンカクテキ、と首をかしげ、すぐにああとうなずき、

「きょうは開きだけなんですよ」

と言うのだった。

そうか、ことしはサンマが高いのであった。つい先日、新宿のデパートで見たサンマは、一匹四百五十円の値がついていた。サンマは開きで我慢することにしよう。

「それと、肉豆腐とホウレン草」

「ホウレン草は、おひたしとゴマ和えがあるんですが」

ゴマ和えはまるで予想してなかったので、ここでもあわてた。

「ゴマで和えてないほうのおひたし」

定食屋での夕食を
終えて今出てきた
ばかりの単身赴任の
おとうさん

「つまり、おひたしですね」

どうも意思の疎通がうまくいかない。

客はおよそ十人。七人がネクタイをしめた若いサラリーマンで、中年のネクタイが一人。この時間に定食屋で一人メシを食っているということは単身赴任だろうか。あとは中年の男女一組。

この時間帯の定食屋には独得の雰囲気がある。昼間の定食屋は、メシを食う人々のそれなりの活気があるものなのだが、夕方の七時の定食屋

定食屋のオバチャン

はひっそりしている。十人も客がいるのに妙に静まりかえっている。そして、誰もが食べ方に力がない。夕方の七時に、他の飲食店で飲食している人々とはっきり人種が違う。〝午後七時の定食屋の人々〟という感じがある。あしたの午後七時にも、ほぼ同じメンバーがこの店に集まり、ひっそりと食事をしているにちがいない。

食事に専念している人は一人もいない。テレビを見ながら食べている人が半分、自前の持ちこみの夕刊紙を読んでいる人が三人、店の備えつけの週刊誌を読みふけっている人が二人。

店主も同様に料理に専念していない。テレビに専念しながら料理を作っている。

一流の天ぷら屋の主人は、素材からどのぐらい水分が失われたかに目を凝らし、油の温度の上がりぐあいに耳をすますというが、ここの主人はアジのフライを揚げながら、目も耳もテレビのほうに凝らしている。

凝らしてはいるが、時間で揚がり具合がわかるのだ。そしてまた、時間で揚げたアジのフライがうまいのだ。それが定食屋の味なのだ。

「サンマ開き定食、肉豆腐、ホウレン草つき」来る。ビールもいっしょに来る。

サンマの開きには大根おろしがたっぷり添えられている。大根おろしに醤油をたっぷりかけ、そいつで口の中を塩っぱくしてからビールをゴクゴク。

改めて見回してみると、ビールを飲みながら食事をしている人が三人いる。だが三人とも、とても真面目にビールを飲んでいる。居酒屋での飲み方とまるで違う真面目な飲み方なのだ。

そうなのだ。夕方の定食屋の店内を支配しているのは〝真面目〟なのだ。

この時間、新宿や渋谷や六本木などの繁華街では、きっと賑やかで華やかな夕食がくりひろげられているにちがいない。

ここにいる人々が真面目であることは、カツライスとホウレン草とか、アジフライと納豆とホウレン草とか、メニューの中に必ずホウレン草をおりこむことでもよくわかる。

みんな栄養のバランスを気にする人たちなのだ。

ぼくはなんだか気がひけて、熱カンの予定を変更して店を出た。

飲んべえの桃源郷「魚三」

ついに見つけました。

夢のような、理想の居酒屋を。

「こんな居酒屋があったらいいいな」と常々思っていたとおりの居酒屋。

「でも、そんな店あるわけないいな」と思っていた居酒屋。理想の居酒屋とは、まず値段がむちゃくちゃ安いこと。それから壁にはられたメニューがむちゃくちゃ多いこと。

まずこの二つを満たしていれば、あとはもうどうでもいいようなものだ。

だが、値段の安い店は、えてして料理の量が極端に少なく、品質もまた粗悪という場合が多い。

ところがこの〝夢の居酒屋〟は、量たっぷし、品質特上。

たとえば「マグロの刺身」が三八〇円。もう一回書くが三八〇円。でもって七切れ。

その七切れの一切れの厚さが一センチ。一般の店の倍の厚さだ。ということは十四切れと同じということになる。十四切れで、もう一回書くが三八〇円。しかも上質のマグロだ。さあ、どうだ。ちょっと小粋な小料理屋さんで、くださいい、ちょうだいで注文すれば、二千円はいただきますという刺身がたったの三八〇円だ。もう一つ紹介すると、「あら煮」が五〇円だ。五〇円だよお客さん。大根おろしたっぷし、しらすたっぷしの「しらすおろし」が一五〇円。「かきフライ」はイナリズシみたいにでっかいのが三個載っかっていて三八〇円。え？　そんな店ほんとにあるのかって？　あります。どこそれ？　それどこ？　まあまあ、お客さん、興奮しないで。さがって、さがって。この線から前へ出ないように。

メニューの多さと安さに感激して号泣しているおとうさんもいる。
さすがに号泣はいません

さて、ここで、理想の居酒屋の条件を、もう少し書き加えてみましょう。

ぼくの理想の居酒屋は、「つぼ八」などのチェーン店形式のものではなく、おじさんたちの夕暮れの友、昔ながらの正統派の居酒屋なのです。

そんなことどうでもいいから、早く店の場所と名前を教えろって？　さがって、さがって、この線から前へ出ないように。

まず第一に「サワーものがない」こと。ハイサワーとか梅サワーとかですね。おじさんたちはサワーものが嫌いなので、サワーがないからといってサワがない。第二は、これは異論があることを承知で書くが「吟醸酒がない」こと。

三つめは、ナメコおろしやシラスおろしなどの「おろしものがある」こと。四番目は、ワケギのぬたとかウドのぬたなどの「ぬたものがある」こと。ぼくは酸っぱいものはあまり好きではないので、「ぬたもの」をたのむことはないのだが、メニューの中には「ぬた」の文字があってほしいのです。（われながらヘンな趣味だが）

五つめは「カイワレサラダ」とか「チーズピザ」とかのヤング向け新趣向メニューがないこと。

この〝夢の居酒屋〟は、この夢の五か条をすべて満たしている。それにしても、この店のメニューの多さは仰天ものだ。初めてこの店に入った人は、天井から三列、壁いっぱいにズラズラとつらなるメニューを見上げて呆然、放心、しばらくは声も出ない。

その数およそ一五〇品目。かなりメニューの多い店でも七〇品目どまりだから、その倍以上ということになる。

メニューを少し書きうつしてみましょう。しまあじ（六三〇円）、湯豆腐（二三〇円）、串かつ（二八〇円）、あなご天ぷら・フライ（二八〇円）、ニシン焼き（三八〇円）、なまこ酢（三二〇円）、鯨刺身（四二〇円）、お新香（一〇〇円）。

カキフライはでっかくて
中のカキもプックシ
カラシもタップシ
アヒアヒ
しかも
アッツアツで
ジューシーで
もうワシ泣いちゃう

どうです、このメニューの字と数字のつらなりを見ただけでも目の保養になったのではありませんか。

門前仲町に「魚三」あり、と、居酒屋ファンにその名も高い「大衆酒場魚三」。この店は、あろうことか開店が四時。四時といえば、会社の終業までまだ一時間はある。なのに、この店は開店と同時に満員になってしまうのだ。

四時十分に出かけて行ったら、五十人は入る一階はすでに満員で、四十人収容の二階の席にようやくすわれた。二階もすでに八割の入り。

しかも、四時十分で、客のほとんどがすでに半分できあがっていて、赤い顔でワイワイ、ガヤガヤ。たったの十分間でこうなったのだ。

ネクタイ姿のサラリーマン風があちこちにいて、これは早退して駆けつけたにちがいない。しかし、この店だけの価値はある。いやいや、三日休暇をとって、三日続けて通うだけの価値はある。

ったら、会社を休んでも行くだけの価値はある。
四十人のワイワイガヤガヤに対して、活発なオバチャン一人、茶パツの沈黙青年一人という応戦態勢。
注文の品を載せて運ぶのは、なんと、魚河岸などで見かける白い発泡スチロールの箱のフタ。これがお盆代わりという気どりのなさ。
テーブルは四十センチほどの幅のカウンターのみで、一列のカウンターに一列の客がビッシリと並ぶ。料理をたくさんとって、狭いカウンターに並べきれないおとうさんは、ビールのビンを足元に置いて飲んでいる。

活発なオバチャンの動きは活発で、

「あ、そこのお客さん、あっち空いたから、カラダだけ行って」

と指図する。つまり、二人で来て、別々の席で飲んでた二人組の、一方の隣の席が空いたから、並んですわれますよ、あなたのコップや料理の皿は私が運びます、という意味が「カラダだけ行って」となったのだ。

どうです、いいセリフでしょう、「カラダだけ行って」なんて。そういう店なんですね、この店は。

ビール四五〇円。金亀（日本酒）一八〇円。大関三四〇円。この店で三千円飲んだらグデングデンになる。この店の近くに引っ越して、毎日毎日通いたい。

立ち飲み屋にて

不況のせいか立ち飲み屋がはやっているそうだ。

「平成立ち飲み族ただいま増殖中」という記事が平成十一年十一月の産経新聞。

「無《ナ》イスでほど酔い社交の場・立ち飲みの店」というのが平成十二年二月の読売新聞。

「立ったままグイッ、パクッ」というのが平成十三年二月の毎日新聞。

『立ち飲み屋』という本も出た。

立ち飲み研究会編で、都内の四十軒以上の立ち飲み屋が紹介されている。売れているそうだ。

一口に立ち飲み屋といってもいろいろあって、ガード下で押し合いへし合い、ダークダックス状態（肩を重ね合って並ぶ）の店から、洋風の立ち飲みバー、飲むほうより食べるほう重視の〝立ち食い料亭〟風まであるらしい。

立ち食い料亭風じゃなく、本物の立ち食い料亭があったらいいだろうな。

「立ち食い料亭中川」なんてところで、森さんとか野中さんとか小泉さんとかが立って宴会をしている。

もちろん芸者も仲居さんも立っている。

そういうのだったら、ぼくらもやってみたいな。

立ち飲み屋の良さとは何か。

特徴その1、まず料金が安い。

読売の記事でも毎日の記事でも、一人平均一一〇〇円から二〇〇〇円弱までという数字が出ている。

特徴その2は気楽ということ。

一人でスッと入ってスッと飲んでスッと出てこられる。

この3スのうちの〝一人で〟という

部分が特にいい。

立ち飲み屋の利点は以上に尽きる。

〝まず〟とか〝その2〟とか、意気込んで書き始めたわりにはあまりにスッと終わってしまって申しわけないが、あ、まてよ、ある、ある、もう一つある。

〝かっこいい〟というのがある。

ホラ、昔の西部劇。

あれなんかまさに立ち飲みでしょうが。無《ナ》イスでしょうが。

ジョン・ウェインとかランドルフ・スコット（古いナ）なんかが、西部の町のバーのスイングドアを肩で押して入って来る。

カウンターの前に立って「ウイスキー」とだけ言い、ダブルグラスにナミナミとつがれたバーボンをグイッと一口であおって、コインをパチンとカウンターに置いて出て行く。

これが、もしイスがあって、ジョン・ウェインが一度でもドッコイショなんて言いながらすわってしまったら、もうかっこよさは望めない。

おつまみなしってのもいいな。

ジョン・ウェインが、

「ウイスキー、ピーナッツ、上新香」

なんて言ったら台無しだ。

ぼくもああいうのやってみたいな。

コイン、パチン、というのもやってみたいな。

カウンターに左ヒジをついて、左に寄りかかって腰の力を少し抜き、ちょっとヤクザなポーズで店内を見回したりしてみたいな。

*「立花家」という立ち飲み屋に行ってみた。

毎日新聞の「立ったままグイッ、パクッ」に出ていた店だ。

場所は神田神保町。

ドアの横の壁に、ジカに塗料で、ビール四〇〇円、牛タン塩焼き五〇〇円、モツ煮こみ三〇〇円などと書いてある。

この荒々しさが立ち飲み屋らしくていい。

肩でドアを押して中に入る。

まずカウンター。およそ十人分の長さ。客、すでに六名。

コート掛けがあるが、みんなコートを着たまま飲んでいる。

うん、粋だね、コートのエリ立てたまま。ってのが。

年齢三十代から四十代のサラリーマン。高いところにテレビあり。

おや、カウンターの奥にテーブルの部屋がある。「20席あります」とある。奥のほうはいかにも酒席といった感じで大いに盛りあがっている。

無イスのカウンターはシンとしている。全員無言。無言でゴクゴク。

まず生。そしてこの店の名物らしい牛タン。そして枝豆（三〇〇円）、それからお新香（三〇〇円）。

すぐに全品到着。

すぐにキャッシュ・オン・デリバリー。

これがやっぱりかっこいい。

おつりの硬貨をカウンターに並べたままにしておくのもかっこいい。

生、グーッ。牛タン、モグモグ、お新香、ポリポリ。

そののち、かねて憧れのポーズ〝左ヒジつきカウンター寄りかかり、腰の力抜きヤクザポーズで店内眺め回し〟を執り行う。

目つきにも少し凝って、少しやるせなさを漂わせ、少し世の中をすねた感じも漂わせてみる。

このとき腰に手をあてる、なんてのもキマりますね。

立ち飲みは、こういう中断のひとときがなかなかいい。

ふっと力を抜き、ひと休みし、ほんのちょっと物思いにふけったりする。

立ち食いそば屋では、こういうポーズはできない。

やったら周りがギョッとする。

立ち飲み屋では長居はヤボだ。

　サッと飲んで、サッと出た。

「エチケットをわきまえたかっこいい紳士だな」

と店の人に思われたにちがいない。

いやいや、

「あの人、金ないんだ。一緒に来るお友だちもいないんだ。嫌われてるんだ。寂しいんだ」

なんて思われたのかもしれない。

＊「立花屋」は、現在は閉店。

鳥わさの不思議

「蕎麦屋で飲む」というたぐいの本が流行っているようだが、これも時代の反映だろうか。

景気のわるさと関係があるような気がする。

「あそこで飲んでるぶんには金がかからないらしいよ」

というような風評が広まり、

「あそこで飲んでると〝粋な人〟と見られるらしいよ」

というような評価がなされ、

「あそこで飲んでると、金がないので蕎麦屋で飲んでるとは見られないらしいよ」

というような風説が流布された結果らしい。

風説の流布は、株の世界では犯罪だが、金のない酒飲みの世界では大いに歓迎される。

風説を信じて、いまどきの酒飲みは蕎麦屋に集結する。

一口に蕎麦屋で飲むといっても、どんな蕎麦屋でもいいというわけではない。

鳥わさ普及協会
理事 鳥輪鋳三
鳥わさをメニューに加えるよう説得するT氏
なかなか応じない店主

もり、かけ、から、天丼、かつ丼、カレーライス、本日の昼定食サバ味噌煮込みに冷や奴付き、などという店はいけない。

こういう店で酒を飲んでる人を「粋な人なんだ」なんて誰も思わない。

とりあえず老舗。昔ながらのお蕎麦屋さん。

こういう老舗の蕎麦屋は、〝酒を飲みにくる客〟を当然の客として勘定に入れている。したがって、酒の肴をいくつか取り揃えている。

こういう店の酒の肴は、歴史と伝統

にいろどられた定番ものばかりだ。

そういう定番以外のものはまず出さない。タコぶつ韓国風ピリ辛炒め、なんてものはもちろん出さない。

蕎麦味噌、焼き海苔、板わさ、鳥わさ、天ぷら、鴨焼き、といったところで、その種類は多くない。

〝蕎麦屋の酒の肴〟という独得の世界があるのだ。

ぼくが蕎麦屋で酒を飲むとき、いつも迷うことなくたのむ一品がある。

それは鳥わさだッ！　なんて、急に興奮してしまったが、ま、もともと大好きなんですね、鳥わさが。

鳥わさというのは、鶏のササミを熱湯にくぐらせ、すぐに冷やし、一つのササミを五、六切れにナナメ切りにしただけのものだ。

これにミツバと海苔とワサビをのせ、上から醬油をかけて搔きまわして食べる。

魚の刺身は一切れずつ醬油をつけて食べるが、鳥わさに限って搔きまわして食べることになっている。

この鳥わさがおいしい。

水中にいたものの刺身ではなく、うん、明らかに陸にいたものの刺身だな、という味がする。

なにしろ鶏であるから、刺身ではあるが鶏肉の味がする。生の鶏の味がする。

肉に弾力がある。刺身なのに噛みしめる快感がある。

そこんところにミツバの香りが加わり、ミツバのシャキシャキが加わり、醤油に濡れそぼった海苔の小片がへばりついてきた日にゃ、自分は、もう、たまらんです。

そうして最後のところで、やや多めのワサビが鼻にツーンときた日にゃ、自分はもうどうしていいかわからんです。

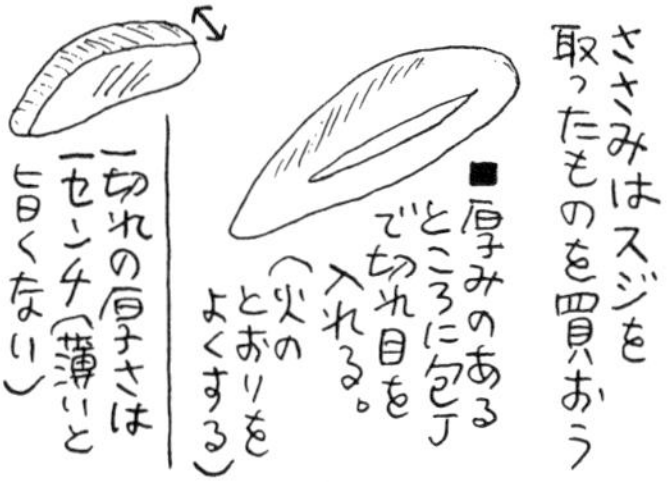
ささみはスジを取ったものを買おう
■厚みのあるところに包丁で切れ目を入れる。
（火のとおりをよくする）

一切れの厚さは一センチ（薄いと旨くない）

そのあと、冷たく冷えた生ビールを、ゴッ、ゴッ、ゴッとあおった日にゃ、自分はもう駆け出すであります。

鶏に合わせるものに、ミツバと海苔とワサビがあるわけだが、なかんずく合うのはワサビでしょうね。

なにしろ鳥わさのわさは、ワサビのことなのですから。

ミツバと海苔とワサビと三つあるのに、ワサ

ビを特別に指名したわけですから。

ミツバと海苔は指名しないわけですから。

キャバレーなんかでも、特に気に入った娘には、大金を出して場内指名にするわけだが、それと同じことをしたわけですね。

それにしても不思議なのは、鳥わさは本来鳥わさびですが、びはどこに行ったのでしょう。

板わさびのびもどこに消えたのでしょう。

『チーズはどこへ消えた？』という本が売れてるようですが、

「鳥わさびのびはどこに消えた」

という本はどうでしょう。続篇はもちろん、

「板わさびのびはどこに行った」

です。

あと、居酒屋のことになるが、

「イカ刺しのみはどこに消えた」

という本だって作れるし、

「モロキュウリのリ、はどこに行った」

もできる。

それにしても不思議なのは、この鳥わさ、こんなにおいしいものなのに、蕎麦屋以外ではめったにお目にかかれないことだ。

居酒屋などで、たまに、鳥刺しとして登場することはあるが、十軒のうち一軒あるかどうかというところだ。

作り方だってきわめて簡単だし、自分はもっともっと鳥わさを普及させたいであります。

どうも世間の目は、鳥わさに対して冷たいようだ。

鳥わさ丼というものも一度食べてみたい。

え？　冷たい丼？　と、冷たい視線を投げかける人に対しては、

「じゃあ、鉄火丼はどうなんだッ」

と、激しい興奮を交えて反論したい。

鳥わさの作り方は簡単です。

ササミを買ってきて熱湯にくぐらすだけ。コツは、鍋の中にいっぺんにたくさん入れないこと。一本ずつ入れること。一本十秒。ただちに氷水へ。もう、それだけ。

モツ煮込みを〃いただく〃

きのう久しぶりに新宿西口の「思い出横丁」で飲んだ。

西口の線路沿いに細長く連なる、人によっては「しょんべん横丁」と呼んだりする例の飲み屋街である。

そこでタコぶつをいただいたのだがこれが意外においしかった。

イカげそ煮もいただいたのだが、これもまずまずだった。

あと、モツ煮込みをいただき、焼き鳥はレバーと鶏皮をいただき、さつま揚げをいただき、そのあともいろんなものをいただき、すっかりいただき疲れして帰ってきた。

と、ここまで読んできて、あれ、何かヘンだな、と思った人も多いのではありませんか。

そうなのです、「いただく」という言い方が流行っているのです。

これまで「焼き鳥を食べた」あるいは「食った」と言っていた人たちが、ここへきて「焼き鳥をいただいた」と言い始めたのです。

主に文章上で使う言い方なのだが、最近はテレビの人たちも使うようになっている。

いま焼き鳥の皮をいただき
モツ煮込みをいただき
酎ハイをいただき
タコぶつとイカげそ煮をいただいとるだよ

「昨日、神楽坂の店でいただいた鯛のお造りが絶品でした」

とか、

「西麻布のフレンチでいただいた平日のプロヴァンス風がおいしかった」

というふうに。

若いサラリーマンなども、電車の吊り革につかまりながら、

「今夜は新宿で降りて焼き鳥をいただくってのはどう？」

「いや、ぼくはむしろホルモン焼きをいただきたいな」

というふうに使っているかというと、

まだそこまではいってません。

あちこちで「いただいた」という言い方を耳にして、

「うん、なんかそのほうが上品というか、いただくべき人がいただいているという感じが出てるよな。オレも使おうかな」

なんて思う人が増えているのかもしれない。

ぼくですか。

別にどっちでもいいけど、ぼくはあまりいただかないな。そういう言い方いただけないな。

どうしてかというと、確かに〝鯛のお造り〟や〝平目のプロヴァンス風〟には〝いただいた〟が似合う。

だけど〝タコぶつ〟や〝イカげそ煮〟や〝モツ煮込み〟には残念ながら似合わない。〝食った〟のほうが似合う。

もともと〝いただく〟という言い方には謙譲の意味があり、謙譲語というのは「自身および自身の側の物や動作を、他に対する卑下謙譲を含ませて表現する語」であって、そんなタコぶつやモツ煮込みを食べてる自分をいまさら卑下謙譲してもしょうがないじゃありませんか。

ただし、タコぶつやモツ煮込みといえども、居酒屋の名店で出されたものは、いかにも〝いただいた〟感じがするところがむずかしいところなのだが、いかんせん「しょんべん横丁」のタコぶつやモツ煮込みを〝いただく〟のはどう考えても無理がある。新宿西口の「思い出横丁」に話を戻すと、この横丁、いまだに活気を呈してるんですね。

いまは「全品270円」のチェーン店や、「焼酎何杯飲んでもタダ」というチェーン店があちこちにあるのに、夕方の七時ごろに行ったのだが満員で入れない店も何軒かある。

ぼくは通りを何回か行きつ戻りつして、その満員の店から客が一人出て行ったのを見逃さずに入って行った。

まず飲み物。ふだんだったら迷わず生ビールなのだが、ここは「しょんべん横丁」でもあることだし、〝生は不謹慎〟という不文律があるのかもしれないし、などと思いビンをいくことにした。

食べるほうは何にするか。

この店は店名からして焼き鳥主体の店なので、まずレバー、もう一本は鶏皮、「塩で」、とたのんでもう一品、メニューをずうっと見ていくと「鳥皮酢」というのがあった。皮がダブルけど、ま、いいか、とそれもたのんだ。ビールが来て、鳥皮酢が来て、やがて焼き鳥二本も来た。

ビンビールをコップに注いで一気に飲み、プハーを敢行し、まず焼き鳥だな、と思い、レバーと鶏皮とどっちを先にいただこうかな、と迷ったのち、やっぱり最初は鶏皮でしょう、と自分で自分を説得して鶏皮のほうからいただくことにする。このあとタコぶつ、イカげそ煮も注文していただき、モツ煮込みもいただいたのだった。
あれ？　ごく自然にいただいてるじゃないの。
いただくはいけないって、さっき書いたばかりじゃないの。
しかも鯛のお造りや平目のプロヴァンス風ならまだしも、まさにタコぶつ、イカげそ煮でしょう。

しかも「しょんべん横丁」でしょう。

あれ？　おかしいな。

何でこうなるの。

何でこうなったんだろう。

でも自然だったですよね。

ごく自然に「鶏皮のほうから」いただいてますよね。

ますよね、なんて、無責任ではないか、とお怒りになる人もいると思うが、ぼくとしてはごく自然にスラッと出たんですよ。

とても素直に出たんですよ。

だけど、まずいな。

とりかえしのつかないことをしてしまった。出来心、というのではどうでしょうか。

つい魔がさした……ということは誰にでもありますよね。

初犯でもあることだし許してあげましょうよ。

ということで、これで終わりとさせて〝いただきます〟。

「お通しはサービス」とは限らない

世の中の殆どの人の生活はマンネリである。
毎日毎日同じような生活の繰り返し。
誰もがそのことを気にしていて、
「マンネリだなあ」
と嘆く。
マンネリはよくないこととして考えられているのだ。
そこで思いつくのが打破である。
マンネリといえば打破。
打破は冒険を招く。
冒険というと誰もがつい大きな冒険を考えがちだが、とりあえず小さな冒険から。

たとえば、いつも通っている居酒屋ではなく、新しい店のノレンをくぐってみる、という程度の冒険。

実際にやってみるとわかるが、これ、けっこう冒険気分を味わえる。

この問題で悩まなかった
人はいない
このお通しは
金を取るのか
取らんのか
コンニャク
2切れ

早い話がお通し。

大抵の居酒屋では、店に入って座るとすぐにおしぼりとお通しが出てくる。たとえば小鉢にコンニャクの煮たのが２切れ（消しゴム大）とか。

初めて入った店では、このコンニャク２切れは金を取るのか、サービスでタダなのか、がわからない。あるいは取るとしたら２００円取るのか３００円取るのか。

その日の飲み代の予算枠が２０００円だとしたらその違いは大きい。

２００円取るなら早めに断ったほう

がいいし、でも、こういうお通しは断ってもいいものなのか、断れないものなのか。

注文を取りに来たパートらしいおばさんは、注文した生（中）を置くと黙って立ち去ってしまったが、この時点で、生（中）450円とお通し200円の売買契約が成立してしまったのか、していないのか。

富山の置き薬だと、使わなかった分の金は取らないが、このコンニャク2切れは手をつけなければ取らないのか、それでも取るのか。

いま勝手にコンニャクは200円と仮定したが300円かもしれないではないか。

2000円の予算枠の中の100円の差は大きい。

こうなると小さな冒険どころか大冒険ということになる。

テレビの番組に「はじめてのおつかい」というのがある。

5歳ぐらいの幼児が生まれて初めておつかいを頼まれる。

パン屋さんに行ってパンを買ってくるというおつかいで、お金を持たされ、パン屋さんに行くまでの道のり、そこでの店の人とのやりとりなどをスタッフが本人に気づかれないようにカメラに収める。

本人にとっては生まれて初めての大冒険ということになる。

あの方式で「おじさん生まれて初めての店のノレンをくぐる」という番組にしてみ

ましょう。

おじさんにとっても大冒険なのだから。

おじさん、生まれて初めての店のノレンをオズオズとくぐる。

パートらしいおばさんが、おしぼりとお通しを黙ってテーブルに置く。

おじさん「生（中）」を注文。

おじさん、小鉢の中のコンニャク2切れを見つめ、黙って立ち去ろうとしているおばさんに向かって中腰になって「待って」というような手つきをしたのち座りこむ。

お通し鑑定士（鑑定歴25年）
これはグチとイトヨリ鯛の自家製です
カマボコ

困惑の表情のクローズアップ。

コンニャク2切れでお金を取るのか、取らないのか、質問しようとした場面である。

まったくもって、居酒屋のお通し問題はむずかしい。

居酒屋のお通し慣習は曖昧に発生し、曖昧のまま続行され、曖昧のまま今日に至っている。

日本人同士だからこれで済んでいるが、まもなくオリンピックがやってくるのだ。

そうなると外国人も大勢やってきて、いま居酒屋は人気があるというから店は外国人だらけになる。

当然、お通し問題をめぐってどの居酒屋も大騒ぎになる。

コンニャク2切れのお通しだったら金額的にもそれほど大きな問題にならないと思うし「イカゲソの唐揚げ」も大したことにはならないと思うが、これがもし「ホタルイカ」だったらどうなるか、「しゃれた小鉢にホタルイカ3匹青じそと食用小菊添え」ということになるとどうなるか。

ホタルイカが有料かサービスかの分岐点

いまのうちに、政府は「居酒屋お通し規制法」を準備しておいたほうがいい。

コンニャクの煮たのや里芋の煮たのあたりはそれほど紛糾しないと思うが、「カラスミ2切れ」とか「自家製カマボコ3切れ」あたりになるとかなり揉めると思うな。

「たたみいわし」も説明のところがむずかしいな。

そこでこれはぼくの提案なのだが、不動産鑑定士という職業がありますね。

あの制度を真似して「お通し鑑定士」というものをつくる。

お通しをめぐって店と客が紛糾するとお通し鑑定士が出てくる。お通し鑑定士というくらいだからお通し鑑定士試験に受かっているわけで、お通しに関する知識は豊富である。

このカラスミは何故値段が高いか、など立ちどころに解説できるし説明もできる。

あ、そうか、外国人が相手だから通訳案内士試験も受かってないといけないことになるな。

そうなってくると、お通し鑑定士試験は相当な難関ということになるな。

そうなってくると、不動産鑑定士が扱う金額に比べると、お通しの金額は200円とかせいぜい500円ぐらいだから、誰も受験しないということになるな。

2章 ひとり酒の流儀編

ビールに枝豆は真実か

「ビールには枝豆」

これは国民的合意であり、日本人であるかぎりナンピトもこの組み合わせに異をとなえることはできない。

ビールと枝豆は、ほとんどセットとして考えられている。

サンマに大根おろし、とろろ芋に麦めし、納豆に辛子、さつま芋におならなどと同様の、不動の組み合わせとして全国民的に受け入れられている。

サラリーマンが四、五人で居酒屋に入れば、

「とりあえずビール」

であり、

「とりあえず枝豆」

で宴《うたげ》はスタートする。

だがわたくしは今回、勇猛をふるってこの全国民的合意に敢然と異をとなえたい。

「ビールに枝豆は合わない」

　ああ、わたくしには全国民の非難の声が聞こえてくる。

「非国民！」

「国賊！」

「不逞《ふてい》の輩《やから》！」

「それを言っちゃあおしまいよ」

　この発言によってわたくしは職を失い、地位を奪われ、妻子を捨て、石もて故郷を追われて貧窮にあえぐことになるのだ。

　せっかくいままで「ビールには枝豆」ということでうまくやってきたではないか。

いまさら何を言うのか。

週刊誌はわたくしを糾弾し、テレビ局は走って逃げるわたくしを「一言おねがいします」と叫びつつ走って追いかけてくる。

それでもわたくしは言う。

「ビールに枝豆は合わない」

と。

走って逃げつつ、わたくしは追いかけてくるテレビ局員のマイクに向かって叫ぶ。

「あのですね、ハアハア、ビールの本場ドイツではソーセージですよね、ハアハア、ギネスのイギリスはフィッシュ＆チップス、バドワイザーのアメリカはピザ、もしくはフライドチキン、共通するものは何だと思います？　そうです、濃厚、こってり、油っ気。これがビールのつまみの基本です」

そりゃあなんたって油にまみれた唐揚げを食べたあとを、冷めーたいビールが通過していく喜びは、淡泊な枝豆の比ではない。

なぜこのように基本からはずれているものが日本ではビールの無二のつまみとして定着してしまったのか。

ワイドショーでも「ビールに枝豆ははたして真実か」というテーマで取り上げられ、

「そのあたりのこと、ピーコさんどう思いますか」

と司会の草野仁さんにふられたピーコさんあたりが、

「やはり風物詩としての意味もあるんじゃないですか。ビールの季節と枝豆の季節がちょうど重なって」

と発言したところに假屋崎省吾さんが割って入って、

「枝豆を食べるときのあの所作、一粒ずつサヤからひしぎ出して食べるという……あれも一つの夏の風物詩ですよね。もし枝豆が全部剝いてあって大皿に盛ってあったら誰も食べる気しませんもの」

ビールに合わない
よけいなこというなッ
怒る枝豆

はたしてそうだろうか。

剝いてあったら誰も食べる気にならないのだろうか。

みんないつのまにかそう思いこまされているだけではないのか。

剝いてあるのを大皿に盛って、それをみんなで手摑みで食べる。

いっぺんに三粒も四粒も口の中に放りこむ、これはこれで案外いいんじゃないの。それより何より、サヤから手と歯でひしぎ出すあの所作、わたくしにはあれがどうにもいじましく思えてならない。

せこくて貧乏くさくてみじめったらしい行為に思えてならない。

みんな何とも思わずに、何の考えもなくあれをやっているが、あれは紳士のやるべき行為ではないのだ。

ああ、今回はどうもいかんなあ、過激でいかんなあ、やっぱり石もて故郷を追われるなあ。

「枝豆むいちゃいました」
ではなく堂々と
枝豆
むいて何が悪い
にすべきではないか

いいですか、あなたがいつも何気なくやっているあの行為をここで再現してみますよ。

あなたは大皿に盛られた枝豆のサヤを一個取り上げる。

取り上げたサヤを口のところへ持っていく。

二個入りのサヤを親指と人差し指でタテにはさみ、上のほうの豆の下部の位置を確認しつつそこのところへ上の歯と下の歯をあてがう。

ここまでは特にどうということはないのだが、ここから先がいじましくなる。せこくなる。みじめったらしくなる。

指で豆の尻を押し出しつつ、同時に歯もヘギヘギと小刻みな動きをして豆のずり出しをはかる。

このヘギヘギのとき、どうしても下顎は突き出し気味になり、受け口っぽくならざるをえない。

ヘギヘギというかアグアグというか、この小刻みな動きのときは当然歯は少し前に出ており、中にはこの動きの速い人がいて、こういう人を見ているとなんだかリスが両手で団栗《どんぐり》を持って歯を剝き出して齧っているように見えてくることがある。

紳士としては厳に慎まなければならない行為と言わざるを得ない。

さっき居酒屋に入って行った「とりあえずビールと枝豆」のサラリーマンの一団は、枝豆が到着すると、五人なら五人全員がリス化してヘギヘギ、アグアグをやっているわけで、よく見ると居酒屋の中はリスだらけ。

あ、またしてもまずいな。

みんなに枝豆ぶつけられるな。

ビールは泡あってこそ

在原業平は、

「世の中に絶えて桜のなかりせば春の心はのどけからまし」

と詠んだが、わたくしは、

「世の中にビールの泡のなかりせば人の心はのどけからまし」

と詠みたい。

ビールをグラスに注《そそ》ぐと必ず泡が出る。

出ると、どうしたって泡に目が行く。

たとえば二人で居酒屋に行ってビールを注文する。

一人が「とりあえず」とか言ってビンを取り上げて相手のグラスに注《つ》ぐ。

するとグラスの中が泡立つ。

すると、どうしたって二人の目はグラスの中の泡に行く。
二人共黙ったまま、ひたすらその泡を見ている。
二人揃って泡を見つめているひとときがある。

いまや
一粒たりとも
泡は出ず
しかも
すっかり
あったまって
いる
しかも残量
たっぷり

見ていたって、グラスの中に泡が立ち昇っていくだけで、そんな光景はこれまで何千回、何万回と見ているはずで、珍しいわけでも何でもないのだが、それでも二人共黙ってそれをじっと見つめているひととき。

考えてみるとすごく不思議。

ミネラルウォーターだったらこういうことにはならないでしょうね。

やっぱりグラスの中に動きがあるから。

グラスの中でモコモコと泡が盛りあがっていくから。

この泡による沈黙のひとときはとても大切なのだ。

このひとときを共有したことによって二人の間に交情のようなものが生まれる。

二人して泡の様子を見つめあったればこその交情である。

もしこれが商談のスタートだったとすると、この交情はのちに役立つ。

〝ビールが泡立つ魅力〟はまだある。

突然の狂乱である。

それまでのビール瓶の中は穏やかだった。波風ひとつ立たず、ひっそりと静まり返っていた。

なのに、取り上げて注いだ途端、グラスの中は突然狂乱状態となる。

上を下への大騒ぎになる。

ある一群の泡は急降下し、次に急上昇し、ある泡はあらぬ方向に突進して他の泡に激突して分裂し砕け散り、その上に更にビールを注げば激流、急流、大奔流、水しぶき、グラスの中は波乱万丈、大混乱、泡たちの狂喜乱舞、と見ているうちに、さしもの荒れ狂う軍団も少しずつ秩序を回復していき、上面に密集していってまっ白な泡の層をつくって静まり返る。

そうして、見よ、この〝終わりの美学〟を。

頂に白雲ならぬ純白の泡が三割、その下に七割の琥珀《こはく》色に輝く液体、いわゆるビールの注ぎ方「三・七の法則」が期せずして出来あがっていたりするのだ。

ビールの泡の活動はこれで終わりというわけではない。

少しずつ衰えはするもののまだ余力を残している。

ときに一筋、ときに二筋、底のほうから小さな泡の列が少しずつ立ち昇っていく。

飲みながらもそれをときどき確かめる。

確かめるともなく確かめる。

確かめて、少しでも泡が立ち昇っているとそれで安心する。

陶器のジョッキをときどき見かけますね。側面に絵とか描いてあったりするやつ。

それから銅製のジョッキとか錫《すず》製のジョッキとか。

あのたぐいのジョッキはいけません。

ときどき泡の様子を見ようと思っても中が見えない。

まして陶器製でフタがついてるジョッキ、ますますいけません。

やっぱりわれわれは、ジョッキでビールを飲みながら、常に中の様子を知りたいらしいんですね。

見えても見えなくても、ジョッキの内部の変化は変わらないということは知っているのに、それでも見たい。

ときどき内部の様子を確かめたいという欲求が抜きがたくある。

すぐ冷えしかもぬるくなりません!
(錫製)
それがどうしたッ

それなのにフタまでされると、何ということをしてくれるのだ、と腹が立つ。

ガラスのジョッキで飲んでいても、少しずつ泡が減っていくのは寂しい。

ビールは泡と共に飲んでこそおいしい。

鉄は熱いうちに打て。

ビールは泡のあるうちに飲め。

共に至言である。

何なんでしょうね、ビールの泡のあの魅力は。

まっ白、というのがまずいいな。黄色っぽい色のものから、突然生まれるまっ白。

そしてフワフワ。

モニョモニョ。ウゴウゴ。

ほんの少し動いているところもいい。

そしてほんの少しずつ消滅していくところもいい。

ところがいるんですね、ビールの泡に何の関心もない人が。

グラスに注がずに缶に直接口をつけて飲む人。

小ビンをラッパ飲みする人。

常にこういう飲み方をする人は、一度もビールの泡を見たことがないことになる。

せっかくグラスに注いでも、そこにある泡に興味がない人もいる。

こういう人は、ジョッキのビールをゴクゴク飲んだりしない。

一口ちょびっと飲んでテーブルに置き、すっかり泡がなくなったころまたちょびっと飲む。

こういう人たちに言ってやりたい。

ナポリを見て死ね。

ビールの泡を見て死ね。

ワンカップの勇気

その名も高き「ワンカップ大関」。

知らない人、いませんね。

あのものに対して世間一般はどのような印象を持っているのだろうか。

〝おやじの酒〟、そういう印象だと思う。

そのおやじも〝切羽詰まったおやじ〟。

どう切羽詰まっているかというと、

「とにかく、いま、すぐ、ここで、立ったまま、一刻の猶予もなく、グイーッと一気に」

という〝いますぐおやじ〟。

夕方の駅のホームなどでときどき見かけるが、〝いますぐおやじ〟は飲み方も早い。

多くて三口、早い人は二口、もっと早い人は一気。
こういう飲み方に対する評価は二つに分かれる。
一つは「かっこいい派」。

昔は
早朝
酒屋へ
ツカツカと
寄り
一合ビンを
一気に飲み
ほして何事も
なかったように
仕事に行く職人がたくさんいた
塩
クイー
弁当

西部劇に登場するジョン・ウェインなどは、ワンショットのウィスキーをカパッと一気に飲む。

もう一つは「否定派」。

お酒というものはだね、徳利から盃《さかずき》にトクトクと注いで、ゆっくり、ちびちび、これが本道、という〝トクトクおやじ〟派。

世間一般のこの二派に対する評価は、どちらかというと〝トクトクおやじ派〟のほうに点が甘い。

特に若い女性は〝いますぐおやじ〟に点が辛い。

と、これまでは世間の趨勢《すうせい》はそういうことだったのだが、ここへきて何やら様子が変わってきたようなのだ。

若い女性たちがカップ酒に理解を示し始めたというのだ。

「昨年の三月ぐらいから、立ち飲みブームの影響もあって、若い女性たちを中心に人気に火がついた」

「女性客にうけるために、カップのラベルにバンビなどをあしらうようになった」

とかの記事があちこちで見受けられるようになってきたのだ。

「最初は中高年を狙ってワンカップ酒場を開いたのだが、フタを開けたら意外にも女性客が多かった」

という記事もある。

ワンカップ大関が世に出たのはいつごろのことだろうか。

ぼくが大学生のころ、わが家は酒屋（小売り）をやっていたのだが、そのころはまだワンカップものはなかった。

そのかわりビンの形をした一合ビン入りの日本酒はあった。

ぼくはまだ若く、精神的につらいことも多々あり、そういうときは切羽詰まった気持ちになって、店のその一合ビンをグイーッと一気に飲み干したりしたこともあった。

〝いますぐおやじ〟ならぬ〝いますぐ学生〟だったわけです。

つまり、一合一気飲みの豊富な経験の持ち主であるわけですね。

そういうわけなので、そういう店に若い女性が押し掛けているなら、さっそくそこに駆けつけて、カップ酒一気飲みの勇姿を見せつけてやろうじゃないの、見せつけてうっとりさせてやろうじゃないの、うっとりとなった女性を一人、お持ち帰りしようじゃないの（できたら）と思いたった。

「酒はワンカップものと決めています」というおやじも多い
この厚手のフチの口触りがいいんだよね

思いたったものの、一合一気飲みは、もう何十年もやっていない。

いま、はたしてできるだろうか。

うーむ、どうなんだろう。

簡単にやれそうな気もするし、とんでもないことになるような気もする。

卒倒ということも考えられるし、急性アルコール中毒でピーポーということも考えられる。

でも、こうなったら、やれるかやれないか、とにかくやってみよう。

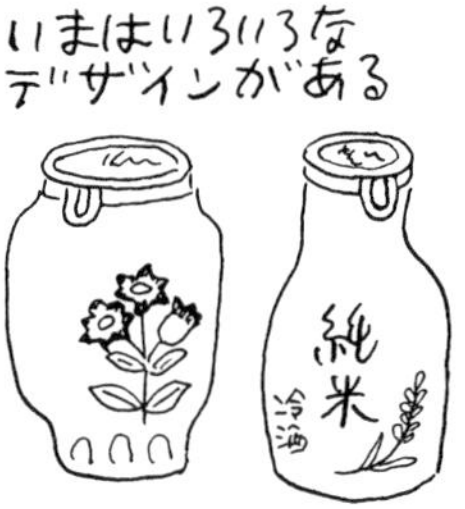

それにしても、急にとんでもないことを思いついてしまったものだ。
動機は確かに不純ではあるが、一種の体力テストの意味もある。
とりあえずカップ酒を買ってきた。
リングを引っぱってフタを開ける。
カップのフチまで、ナミナミと酒が入っている。
口のところに持っていく。
プーンと日本酒のいい匂い。
ここまできたらもう引くに引けない。自分でもとんでもないことになった、と思う。
なんだか胸がドキドキする。
それまでイスにすわっていたのだが、コップを持ったまま立ちあがる。
左手を腰に当てて仁王立ちになる。
もう一度カップを口のところに持っていく。
あとはもうカップの底を上にあげるだけでいい。そのまま一気に流しこめばいい。
が、できない。それができない。もし万が一のことがあったら。

が、案外簡単にできるかもしれない。飲み終わって、ナーンダ、ということになるかもしれない。

一度イスにすわり直し、もう一度立ちあがる。

カップを口に当てる。

もしかしたら、これで命を落とすことになるかもしれない。

また口からカップが離れる。

イライラするなあ、もう、という読者の声が聞こえてくる。

あのね、いいかげんにしなさい、グッと一気に飲んじゃいなさい、飲んで死んじゃいなさい。

そんなことというけど、じゃあ、あんたできるか？　一合一気にグーッと飲み干せるか？

結果だけ報告します。

結局やりました。

ただし半分だけ。半分一気飲み。

しばらく天井だけグルグル回ってました。

第4のビール出現

飲み物というものはもともと単純きわまりないものだった。
まず飲み水。
飲み水には何の種も仕掛けもない。
井戸から汲んできただけ。
トマトジュース。
トマトを搾《しぼ》っただけ。
これとて何の手も加えていない。
リンゴジュース、オレンジジュースしかり。
牛乳。
雌の牛の乳房をギュッと搾っただけ。

というふうに、もともとは何の手も加えてないものをそのまま飲むものだった。濃縮果汁還元が出てきたあたりからだんだんおかしくなってきた。物の道理がおかしくなってきた。

ありえない光景がありえてくる
グビグビグビグビ
ノンアルコールビール

理屈は合っているらしいのだが何だかアヤシイ。

業者にしてやられているらしいのだがうまく反論できない。

そうかそうか、そういう理屈なら充分納得できる、と晴れ晴れとした気持ちで飲んでいるわけではない。

そうしたアヤシイ流れの中で登場したのが発泡酒である。

ビールの味であることは確からしいのだが何だかアヤシイ。

何だかごまかされているような気がしているのだが、消費者はいろんな事情で、主として経済的な理由でむりやり自分を納得させている。

と思っていたところへまたまたアヤシイのが現れた。

第3のビールである。

〝ビール〟とはっきり言明しつつも、〝第3の〟と逃げ腰になっている。

それにしても〝第〟というのが物々しいと思いませんか。

飲み物に〝第〟ですよ。

第というのは交響曲第九番、とか、憲法第九条とか、捜査第一課、とか、そっちの方面で使う言葉でしょう。

〝風〟のほうがよかったんじゃないかな。

オマール海老地中海風、とか、仔牛のカツレツウィーン風、とかの風。

「発泡性ビール風ビール・ホップの香り添え」とか。(長すぎるか)

消費者は発泡酒と同じ理由でこの第3のビールも受け入れた。

と思っていた矢先、またまたもっとアヤシイのが現れた。

ノンアルコールビールである。

何なの、これ?

ノンアルコールビール自体はかなり前からあるが、今回はなんだかコソコソ出てきた。

ビクビク、オドオド、世間様の顔色をうかがって、首をすくめながら出てきた。

車を運転していても飲める……ように思うのですがどうなんでしょう、そのあたり……と、桜田門のほうをうかがいながら出てきて、え？　やっぱりダメ？ということになってしばらく謹慎していたが、こんどはAlc.0・00%です、と、少し胸を張ってみたら、いつのまにか世間に認知されたような格好にいまのところなっているようだ。

オレノンアルコールビールに
ゴキュゴキュ
焼酎を入れて飲むのが好き
ナンダソリャ

ノンアルコールビールの缶には「ビール風味炭酸飲料」という文字が印刷されてある。つまりウーロン茶や缶コーヒー、コーラと同様の清涼飲料水ということになる。ということは、いつ、どこで、誰が飲んでもいい飲み物ということになる。

そういうことになったせいか、このところの猛暑のせいか、ノンアルコールビールはいま爆発的に売れて、品切れになっていたメーカーもあるという。

そう言われて飲んでみると、味も初期のころよりだいぶ改善されていてなかなかおいしい。

なにしろいまや清涼飲料水であるから、いつ、どこで誰が飲んでもいいはずなのだが、こういう場合はどうなるのだろう。

職場で各自それぞれ、机の上にウーロン茶や缶コーヒー、コーラなどを置いてときどき飲んでいるとしますね。

そうした中に一人、ノンアルコールビールを飲んでいる人がいる。いいのか。

まず課長がそう思う。

ノンアルコールビールはいまや清涼飲料水ではあるがビールの歴史を引きずっている。

宴会の歴史を引きずっている。

ア、コーリャの歴史を引きずっている。

職場で仕事をしながらア、コーリャは許されるのか。

課長は悩みに悩む。

またこういう場合も考えられる。

不祥事を起こした会社とか団体の幹部が謝罪会見をすることがある。

ああいうテーブルにノンアルコールビールの缶が並んでいる。

謝罪する当人は、ズラリと並んだ報道陣を前にして緊張している。

緊張してノドが渇いてその缶に手を出す。

コップに注ぐ。トクトクといい音がしてビールとそっくりな白くていい泡が立ち、それをノドを鳴らしてゴクゴク飲む。

いいのか。

裁判の法廷で裁判官がノドを鳴らしてゴクゴク飲む。

いいのか。

昔、携帯電話が普及しはじめたころはルールがなかった。

電車の中のあちこちでピリピリ音がし、あちこちでみんな勝手にしゃべっていた。

そのうち少しずつルールが整っていっていまのような状況になった。

ノンアルコールビールもいままでになかった新製品である。

いまのうちに、あれはダメ、これはいいというルールを作っておいたほうがいいかもしれないな。

なに？　ビールに氷？

ことしの夏は猛烈に暑い。

そこへ節電が加わった。

テレビの街頭インタビューなどで、「節電の夏をどうしてますか」と、たとえば新橋の駅前広場で一杯ひっかけて肩を組んだりしているサラリーマンのおとーさんにマイクを向けると、

「会社が節電で暑い。家に帰っても節電で暑い。こうなったら帰りがけにビールでも飲まなきゃやっていけないよ。かーちゃん見てっかー」

などと赤い顔して叫んでいたりする。

夏はビールだ、と毎年ビールで夏を過ごす人も、ことしは例年よりよけいにビールを飲んでいるようだ。

猛暑、酷暑、炎暑。

いずれも暑さの代名詞である。

ビール、生ビール、缶ビール。

こちらは冷たさの代名詞である。

両者それぞれ一方の雄である。

一方の雄対一方の雄。

雄というものは対決しなければならない運命にある。

なにしろ雄対雄であるから、その対決は激しいものにならざるをえない。

激突。当然そういうことになる。

炎暑に対するビールがなまぬるい、などということがあってはならぬ。キンキンに冷えていなければならぬ……はずなのだが、世間にはそうはなっていない風景があちこちに見られる。

さっきの「かーちゃん見てっかー」のおとーさんの場合を見てみよう。このおとーさんはついさっきまで新橋の居酒屋でビールを飲んでいた。

居酒屋には、常にビールの温度に気を配っている店と、そういうことを全然気にしない店がある。

おとーさんが飲んでいた店は後者の店だった。当然ビールは適温ではない。すなわちぬるい。

暑さにうだりながら一日の勤めを終えたおとーさんは、そういうぬるめのビールを出す店に行き、ぬるめのビールをビンからコップにトクトクとついでゴクゴクと飲み、

「うー、うめー」

なんて言って手の甲で唇を拭いていたのである。激突どころではない。

「うめー」なのだ。

こういう人を見るとぼくはどうしてもいきり立ってしまう。

ぼくの場合は「ぬるいビールなら飲まんッ」という立場だ。

でもたくさんいるんですよねえ、ビールの温度を気にしない人。

冷たかろうが、ぬるかろうが、ビールはビールという人。そういう人にぼくの持論を言うと、

「キミィ。イギリスではみんなぬるめのビールを飲んでいるんだよ。第一、キンキンに冷えたビールを出す店なんかないんだよ」

というようなことを言って、そのぬるいビールをゴクゴクではなく、チョビッと飲んだりする。

あー、もー、ほんとにイライラする。

ぼくの場合は、店で出す一般的なビールの温度（4℃〜8℃）より更に低い温度を好むからよけいイライラする。

冷蔵庫に入れてあるビールを、飲む五分前に冷凍庫に入れる。

五分後に飲むと、正確なところはわからないが2℃ぐらいにはなっていると思う。

もうだいぶ前のことだが、アサヒビールが「アサヒスーパードライ　エクストラコールド」と称する生ビールの飲める店をいくつか出店したが、このビールの温度は氷点下、すなわち0℃からマイナス2℃だった。

キンキン
裏側に四コマのイラスト
KIRIN
ICE+BEER
限定醸造ビール
Alc.5.5%

こんな感じになります

さっきのおとーさんの店はぬるかったから多分8℃。なんと10℃の差があることになる。もちろんぼくはそのマイナス2℃のビールを飲んだことがあるのだが、それはそれはおいしかった。

そのときも真夏の暑い日だったので、まさに〝大激突〟だった。

そこまではいかなくても、ぼくがいつも家で飲んでいるビールは、冷凍庫で冷やしているから2℃。

ところが、ふつうの飲食店では冷蔵庫から出してそのまま客に提供するから平均して4℃。つまり、外で飲むときは常に〝6℃の不満〟があるということになる。

そういう不満の日々を送っていたある日、あれは二〇一一年の五月か六月だったと思うが、「氷を入れて飲むビール」がキリンビールから発売されるという新聞の囲み記事を目にした。ふつう、ビールに氷を入れて飲む人はまずいない。味も薄まるし、泡も消えがちになるからだ。

ところがこのビールは、「氷を入れると、コクが引き立つ」という。缶にそう書いてあるという。

その記事を見て以来、「コンビニ限定発売」ということなので町内のコンビニを探し歩くこと幾十日、ついに発見することができた。

名前は「ＩＣＥ＋ＢＥＥＲ」で、四コマのイラストでこのビールの飲み方が缶に描いてある。

①ビールをグラス半分まで注ぎ

②氷をゆっくりそーっと入れる

③（このビールを飲んでいる男の人の横に女性が現れ）「氷を入れて飲むなんて…」

④「クールね♥」（と羨望の目でつぶやく）

そのとおりにして飲んだ。

色は濃いめのブラウン系。

コップに半分ついで氷を入れるとちょうどコップ一杯になる。

泡立ちもよく、こう飲むと、おー、確かに少しも薄まった感じがなく、コクも充分。

冷たさこの上なく、０℃とかマイナス２℃とかの限界をはるかに突破している。

この日の気温33℃、ビールの温度多分マイナス５℃、大激突、大歓喜の日となった。

一人でお花見

おとしだったかな、この連載でぼくはカミングアウトした。

自分には自虐趣味があることをカミングアウトした。

自分で自分を責めさいなむ、そういうことは誰にでもよくあることだが、それを趣味として楽しんでいる人は少ないのではないか。

でも楽しいですよ、自虐趣味は。

なにしろ苛《いじ》める相手は自分だから、苛めようと思えばいつでも苛められる。

でもって、苛められて喜んでる。

苛める喜び、苛められる喜び、両方いっぺんに楽しめるわけだからその喜びにははかりしれないものがある。

どうやって自分を苛めるか。

方法はいくらでもある。
自分をわざと仲間はずれにする。
誰でもそうだが仲間はずれはつらい。そのつらいことが嬉しい。

仲間はずれにされてつらがっている自分が情けない。

みんなに相手にされないでいじけている自分が惨めだ。

その惨めが嬉しい。たまらない。

時まさにお花見シーズン。

お花見は仲間はずれにおあつらえ向きなのだ。

お花見でどうやって自分を仲間はずれにするか。

簡単です。一人でお花見に行けばいい。

お花見というものは大勢で出かけて

行って、大勢で車座になって、飲んで騒いで歌って踊って楽しむ。

そういう人たちのところへ一人で行く。

そういう人たちの中で一人で飲む。

飲めや歌えやの人々の群れの中で、ひとり手酌で飲んで顔を赤くして黙ってうつむいている。

そうしていじけている。

なんて可哀相な人なんだ、なんて痛ましい人なんだ。

不憫《ふびん》がられている自分が愛《いと》おしい。

おとどしのカミングアウトは居酒屋で一人で飲んでいじけるという自虐だった。

居酒屋に一人で行って、まわりが盛りあがっている中でひとり手酌で飲んでうつむいているというのもつらいものだが、お花見ということになると、つらさのスケールが大きい。

したがって喜びのほうもけた違いになる。

行きました。吉祥寺の井の頭公園へ。

井の頭公園は上野公園と並ぶお花見の名所で、集まってくる人の数もただごとではない。

花はちょうど満開。しかも土曜日。

井の頭公園の入口は狭いことで有名だが、その人出は縁日の巣鴨のとげぬき地蔵以上。

なにしろ前へ進もうと上に上げた片足をおろすのに三秒かかるという想像を絶する大混雑。

その狭い道の途中にコンビニがあって、外から見えるコンビニの中はラッシュのときの電車の中状態。

こんなに人間が詰まっているコンビニ、初めて見た。

花見の客はここで酒とおつまみを買っていく。

ぼくもそのつもりで来たのだが、後ろから押され押されてそのまま公園の中へ。

井の頭公園はまん中に大きな池があり、池のまわりで人々は花見をするわけだが、見渡すかぎりビニールシートがびっしり、ビニールシートの上は人がびっしりで、午後の三時だが公園

「井の頭そば」というのもありました
油揚げ
きぬさや
竹輪

中が宴たけなわ。

どういうつもりか、人、人、人をかき分けてジョギングをしているおとうさんがいる。

池のまん中にある橋の上を、押され押されて向こう岸へ。

もはやビニールシートを敷くすき間はどこにもない。

そば屋があった。

桜の木に「お抹茶、甘酒、くず餅」という旗がくくりつけてあって、おでんも枝豆もビールもあるというそば屋。

建物の前に、茶店風に緋毛氈《ひもうせん》を敷いたテーブルがあって、その上に小さな座卓が二つ置いてあり、片方の座卓はダブルカップルが取り囲んでいる。

もう一つの座卓が空いていたのでそこにすわる。

隣がダブルカップル、その隣に男が一人。

これから自分をつらくて惨めな立場に置こうとしている者にとって、これ以上の舞台装置はあるまい。これ以上の酷《むご》い、じゃなかった、嬉しい境遇はあるまい。

とりあえずビール。

ビールは生と大瓶と小瓶がある。ここは当然小瓶でなくてはならない。

生と大瓶と比べれば小瓶の惨め度は高い。

おつまみはおでんと枝豆とお新香がある。ここはお新香でなくてはならない。

これからぼくのお花見が始まるわけで、ぼくの周りの宴会中のビニールシートには盛りだくさんの料理が並んでいるというのにこっちはいきなりお新香。お新香だけでお花見。

お新香は、タクアン、きゅうりの糠漬け、赤蕪、蕪の茎、という内容。

この中で一番惨め度が高いのはやはり黄色いタクアンであろう。

タクアンは落語の「長屋の花見」でも惨めの代表として出てくる。

ぼくは小ビンのビールを一口飲み、タクアンをポリポリ食べた。

ここまでのこの男の行動を要約すると、

「一人でお花見にやってきて、ダブルカップルの隣にすわり、ビールの小ビンとお新香を注文し、小瓶のビールを自分でトクトクとコップに注ぎ、ゴクリと飲んだあと黄色いタクアンをポリポリ食べてうなだれている」

集大成としては上出来といったところではないでしょうか。

禁ゴクゴク飲みの時代

食事のときに音をたててはいけない。

これは誰もが知っている食事のマナーの基本である。

食事中、誰かがスープをジルジル音をたてて飲んでいたりすると、全員からキッと睨まれる。

どんな小さな音もいけない。

出てきたものが熱いからといってフーフー吹くのもいけない。

いま、ためしにフーフーと、空中に向かって吹いてみてください。

音ともいえないようなかすかな音。それでもダメです。

ここでいつも問題になってくるのが蕎麦です。

蕎麦のズルズル。

これはもうフーフーに比べたら大音響。

いいのか、いけないのか、仕方がないのか、推奨なのか、絶讃なのか。いまのところ誰も結論を出していません。

「蕎麦は別にいいんじゃないの」

と小さな声で言って周りを見回したりする。

そうすると、その周りに、顔をしかめた外国人がいる。

そうなんです。

日本人同士なら、蕎麦のズルズルは、いいとか、いくないとか、そういう議論にもなるが、外国人は、即、ダメ。

論議の外《ほか》。

なぜこんなことを言い出したかというと、蕎麦のグローバル化を心配しているからなのです。

和食はいま世界中の人に目をつけられている。

最初に目をつけられたのが寿司。

いまや寿司は世界的に知られる食べ物となった。

次に目をつけられるのが蕎麦。

これはぼくの勘です。そうに決まってる。

そうなったとき、ネックになるのがズルズル問題。食事のときはどんな小さな音もいけない、これが食事のマナーの基本中の基本である西欧の人々はこのズルズル問題にどう対処するか。

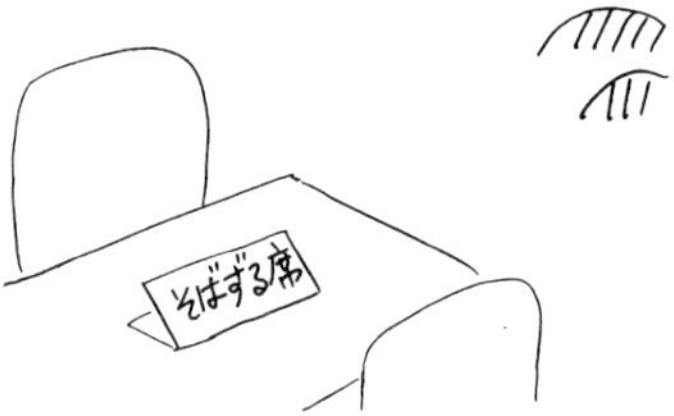

簡単です。

蕎麦を音をたてないで食べる。

スパゲティで慣れているわけだから造作もないこと。

こうして蕎麦は音をたてないで食べるのが世界の風潮となっていく。

その風潮は当然日本に逆輸入され、やがて日本人も音をたてないで食べるのが主流になっていく。

ズルズル派は少数派になって片隅に追いやられていく。

煙草がたどった道を、蕎麦ズルの人々はたどることになる。

飲食店に行けば、入口のところで店員に、

「蕎麦ズルの方ですか」

と訊かれ、そうだと答えると「蕎麦ズル」と書かれたフダが置かれたテーブルに案内される。

まさか、いくら何でもそんなことには、などと笑っている人は喫煙者がたどった道を思い出してください。アッというまだったじゃないですか。

禁煙ということが言われ始め、ヘエー、そうなんだ、などと呑気なことを言いつつプカプカやっていた人々が、喫煙所の檻《おり》の中に追いこまれていったのは。

ぼくがいま心配しているのは、煙草がたどった道、蕎麦がたどった道のその次です。

同じ運命の道をたどろうとしているものがあるのです。

それは、ビールのゴクゴクです。

たいていの人はビールをゴクゴク飲む。

ゴックン、ゴックンの人もいる。グビッ、グビッの人もいる。うんとノドが渇いていてようやくビールにありついた人は、ゴキュッ、ゴキュッとノドを鳴らして飲む。

いいのか、ゴキュッ、ゴキュッ。

ノドを鳴らして、などと、いいのか鳴らしたりして。

鳴らす、というのは、サイレンや太鼓に使う言葉だぞ。

などと言い出す人がこれから先出てこないとも限らない。

とにもかくにも食事のときはどんな小さな音もたててはならないというマナーを守っている人々にとって、聞き捨てならない音であることはまちがいない。

「そういえば、これまでビールのゴクゴクが問題になったことはなかったなあ」

と思った人も、改めてこの問題に目ざめて騒ぎ出す。

様々な議論を経たのち、世の中の風潮は、ビールのゴクゴク飲みはいけないということになっていく。

ぼくのような、ビールのゴクゴク飲みが生き甲斐の人はどうなってしまうのか。

ぼくはビールのゴクゴク飲みが信条のあまり、ゴクゴク飲まない人が憎らしくてならない。

テレビドラマや映画などではビールを飲むシーンがよくあるが、ぼくは、そのビールを飲んでいる俳優をジーッと見ている。

その俳優がビールのコップを取りあげ、一口飲んでテーブルに置く。

ぼくは飲む前のコップの中のビールの量を覚えていて、飲んだあとの量と見比べ、

「ンモー、あれっぽっちしか飲まないんだからぁ」

と思い、

「つくーづく嫌な奴」

と思う。

それほどゴクゴク飲みが好きなのだ。そのゴクゴクが禁止になってしまうのだ。

居酒屋に行くと、

「当店ではビールのゴクゴク飲みは禁止とさせていただいております」

などという貼り紙を見ることになるのだ。

「当店では、ビールがノドを通過するときのノド仏の上げ下げはなるべく控え目にお
ねがいします」

などという貼り紙も見ることになるのだ。

思い知ったか零度ビール

「冷たくなければビールじゃない」

このあたりのことは大抵の人がよく理解している。

たとえば人混みの中でそうつぶやいたとすると、

「そのとおりっ」

と、力強く叫ぶ人が何人かいるはずだ。

中には歩み寄ってきて握手を求め、

「がんばってくださいっ」

と激励してくれる人もいるし、両手をメガホンにして「がんばれよーっ」と叫ぶ人もいる。(いないか)

「冷たくなければビールじゃない」には、このように多くの賛同者というか、同志がいる。

ところがですね、この「冷たく」のところには実は大きな幅があるんですね。

とんでもなく大きな幅。

イギリスやドイツではぬるいビールが主流なんだよ
キンキンに冷えたビールなんか飲んでるんいないよ
ケーベツ
肩身が狭くなってる

さっき握手を求められた人とよく話し合ってみると、

「水道の水ぐらいの冷たさが好き」などと言い出すのである。

こんな奴、同志じゃない。

ぼくの言う冷たさは、グラスに白い霜がついていて、飲むとノドの奥がキーンと冷える冷たさ。

舌の裏側までジーンとなる冷たさ。ン、モー、水道の水だなんて、早くあっち行け。

でもってこの人があっちへ行って、「ね、そうですよね、水道の水ぐらいがいちばんおいしいですよね」

と、周りの人に言ったとします。

するとあちこちから、

「そのとおりっ」

という声がかかり、「がんばってください」ということになっていったりするから油断がならない。

そうして水道派の人の周りには大きな輪ができていき、こっちのほうが少数派であると気がついたときには群衆に不穏な空気が生まれていて、石をぶつけられてあわてて逃げるということになったりする。

最近わかってきたことだが、〝グラスに霜派〟は明らかに少数派である。

というか、水道系の人々は一応冷たければそれでよく、うんと、とか、キーンと、とか、こまかいことを言う人は殆どいないのだ。

先だって新幹線で見かけた紳士風の人は次のようだった。

その紳士は東京駅の売店で買った弁当とビールの入ったビニール袋をぶらさげて乗りこんでくると、自分の座席を確かめ、カバンを網棚に上げ、上着をフックに掛けてドッカと腰かけた。

このあとは誰が考えたって弁当の包みガサガサでしょ、缶ビール、プシッでしょ。

ところがその紳士は週刊誌を取り出してパラパラめくっている。

うん、わかった、パラパラやって読む記事を決めて、それからプシッだな、と誰だって思う。

なのにそいつ（さっきまで紳士といってた人）は、じっくりと腰を据えて週刊誌を読みふけっている。テーブルの缶ビールは時々刻々とぬるくなっていく。

氷で覆われたサーバー
更にプラスチックのケースで覆われている
氷

頼むから早く飲みなさい、その弁当の右側の下の隅にはキンピラごぼうがあるはずだから（ぼくは東京駅の弁当の中身は殆どそらんじている）、まずそれを奥歯で噛みしめて口の中がしょっぱくなったところで、まだ冷たいビールをゴクゴクッてやっちゃいなさい、ほんとにもう、拝むから、と本当に拝んでいるのにそいつは週刊誌をのんびり読んでいる。

こういう人、多いんです。

でもって、こういう人たちは、キーンと冷たいの、とか、グラスに霜がどうのこうのと言う人を軽蔑する傾向がある。

だから少数派のぼくはこれまで肩身狭く生きてきた。いじけてオドオド生きてきた。そのぼくに強い味方が現れたのだ。いいですか、次の新聞記事をじっくり読んでくださいよ。

「凍る寸前がうまい！　ハイネケン　ジャパンは0度以下に冷やした生ビールを東京・六本木ヒルズ内の飲食店

かなり冷たいが
かき氷みたいにこの辺が痛くなるようなことはない

『リゴレット　バーアンドグリル』で売り出した」

「ハイネケン　エクストラ　コールドと呼ばれるビールで、氷で覆われたサーバーから注がれる。世界一〇〇ケ国余りで飲まれているが、日本での発売は初めて。一般的な生ビールの温度は6度前後だが、0度から零下2度の凍る寸前の低温で提供する」。どうだ、凍る寸前だぞ、一〇〇ケ国だぞ、オレに石をぶつけた水道派、思い知ったか。

凍る寸前のビールは「苦みが抑えられて飲みやすくなる」という。この朝刊の記事を読んだのが午前十時。すぐさま六本木へ。

石の上にも三年、石をぶつけられること三十年、臥薪嘗胆《がしんしょうたん》、江戸の仇を六本木で。

いま、目の前で、氷で覆われたサーバーから「ハイネケン　エクストラ　コールド」がグラスに注がれている。

見る見るうちにグラスの表面は霜で白くなっていく。

グラスに口をつける。

おー、何という冷たさ。

グラスを傾ける。

おー、泡の一粒一粒まで冷たく冷えている。

更にグラスを傾ける。

あー、凍る寸前の泡立つ流れが、舌の上を通過しノドに到達し、そこにある滝壺にもう一度泡立ちながら落下していく。旨い。

ひとしきり飲んで周りを見回す。

そうするとですね、いるんですね、せっかくの零度ビールを一口ちょびっと飲んで、そのあとえんえんとおしゃべりをし、置きっぱなしでのんびりとピザなんかかじっている連中が。

3章 挑戦！ひとり酒編

ファミレスで晩酌を

一日の仕事が終わると、とにもかくにも晩酌ということになる。晩酌ということになると、居酒屋で、ということになる。行きつけの居酒屋は二、三軒あるから、どの居酒屋で、ということになっていく。行きつけの店は、赤提灯にノレンといった型どおりの居酒屋ばかりで、味も値段もそれほどの違いはない。

その日も、どの店にしようか、と迷いつつ歩いていると、前方にファミレスのデニーズが見えてきた。この店は三年ぐらい前にオープンしたのだが、まだ二回ぐらいしか行ったことがない。

ファミレスというところは文字どおりファミリーのための健全なレストランであるから、酒呑み系のおやじにはあまり縁がない。

向こうだってそういうおやじは端《はな》っから相手にしてないんだよな、というか、迷惑なんだよな、なんてことを考えつつデニーズの前を通り過ぎようとして、突然とんでもないことを思いついてしまったのである。

「ティファニーで朝食を」という、オードリー・ヘップバーン主演のシャレた映画がその昔あった。

評判の名画だった。

「デニーズで晩酌を」

シャレているではないか。

ふつう、ファミレスで晩酌をする人はいない。

おやじが四、五人、ああいうところで赤い顔をして酒を飲んでいるのを見たことがないし、一人で徳利を傾けている人も見たことがない。つまりファミレスは晩酌をするところではないのだ。

メニューだって晩酌に向いてないものばかりだ。

居酒屋でのおやじの晩酌は、まずビールを一本飲んで日本酒にうつり、モツ煮こみ、焼き鳥、かれいの煮つけ、イカの塩辛、タコぶつ、もずく、くさやといったところを酒のつまみにする。

一方ファミレスのメニューは、ハンバーグ、パスタ、ドリア、オムライス、クラムチャウダーにシーフードサラダといったところで、イカの塩辛やくさやはない。

このデニーズの客層は、若いおかあさんと幼児、中学生、高校生、カップルが多く、特に幼児はイカの塩辛やくさやは食べない。

「ティファニーで朝食を」は、本来食事をするところではない店で「朝食を」というところがシャレているわけで、「デニーズで晩酌を」もまた、本来晩酌をするところではない店で晩酌をするところがシャレている……のだ。

どうしても強行したい。

デニーズの入口に向かう階段を二、三段上りかけてふと思った。

もしかしたらデニーズは晩酌禁止なのではないか。

「店内での晩酌は固くお断りします」

という紙がどこかに貼ってあるのではないか。

貼ってないにしても、たとえば若いおとうさんとおかあさん、その子供たち、そしておじいちゃんとおばあちゃんが楽しく食事をしているボックス席の横の席で、むさいおやじが徳利を傾けていたらその一家はその光景をどう思うか。

階段の横にはベビーカーが数台並んでいる。中学生たちのチャリンコも並んでいる。店内の雰囲気は容易に想像できる。

なにやら小ジャレたドリンクをたしなんでいらっしゃる小ジャレたおじさま
日本酒

だが強行するのだ。強行して〝日本で初めてファミレスで晩酌をした人〟として歴史に名を残すのだ。

ドアを押して中へ入る。

疚《やま》しい気持ちがあるせいか、心が荒《すさ》んでドアの押し方が乱暴になる。女子高生のバイトらしい初々しい店員が席に案内してくれる。

まだ世の中をよく知らないから、この一人客の犯意を読みとれず、この客が快適なひとときを過ごすための席を迷いながら探している。胸

たまには
いいんじゃないスか
そういう飲み方
も

が痛む。

わが席の隣は、おばあちゃん、若い母親、子供二人のボックス席で、そのボックス席の後ろが中学生の六人連れ、わが席の三列後ろは幼稚園児の母親グループらしき五人連れ（子供抜き）で、晩酌には最悪の状況。

色彩豊か、大型のメニューを拡げる。

「とろ〜り卵とチーズのオムライス」「きのこと野菜のあったかマリネサラダ仕立て」「ルッコラとなす、ベーコンのトマトスパゲティ」「青菜と生ベーコンのオリーブオイル蒸し」……。

酒のつまみがない。

だが生ビールはある。おっ、日本酒もある、焼酎もある、ウーロンハイもある、シーバスも。

そして、そのアルコール系のページの片隅に、お皿に三個のカキフライ、お皿に三個の鶏唐揚げ、同様のポテトフライがあり、

「このへんのつまみで軽く飲んで、なるべく早く帰ってね」

という店側の姿勢がひしひしと感じられるのだった。

ビールのあと日本酒を頼む。

日本酒は小ジャレたガラスのビン詰めで、盃もまた小ジャレたガラス製。つまみはカキフライと唐揚げだから酒のつまみには見えないし、なんだか小ジャレた飲み物を小ジャレたグラスで飲んでるし、こちらはせっかく明確な犯意をもって晩酌を決行しているのに、これでは端《はた》から見て晩酌には見えない。

せめて民芸風の徳利と盃だったら多少雰囲気が出たのに、と残念でならない。

幼稚園児の母親たちに取り囲まれ、

「ちょっとあなたッ、非常識じゃないのッ。場所柄をわきまえなさい」

ぐらいのことは言われたかった。

百円均一居酒屋出現

「安い居酒屋がある」

と聞くと血が騒ぐタチで、居ても立ってもいられなくなる。

どうやら〝安い居酒屋があると聞くと血が騒ぐＤＮＡ〟を持っているらしい。

これまでで一番血が騒いだ居酒屋は江東区の「魚三酒場」で、行く前から血が騒ぎ、行って血が騒ぎ、帰ってからも騒ぐ血が治まらなかった。

とにかくどれもこれも安くて旨くて、店の中で涙ぐんだりしたものだった。

だって「〆鯖三三〇円」「まぐろブツ二三〇円」「鯵刺し三五〇円」「あなご天三〇〇円」なんですよ。

しかも量たっぷし。味ばっちり。

であるからして、もしですよ、もっと安い店がある、全品二〇〇円の店です、なん

てことを聞いたりしたら全身の血が沸騰し、半狂乱になるだろうな、なんて思っていたら、

「全品一〇〇円という店があります」

■串かつ（一本）
ちゃんとパセリ
■目刺し（3本）
■塩から
（大きめのお猪口大）
■まぐろブツ（五個。けっこう大きい）
■春巻き（二本）
■生ビール（100円ジョッキ）
5cm
13cm
■コロッケ（一個）

と言う人がいて全狂乱となった。

「どういうメニューがあるんですか」

と訊くと、

「たとえばタコブツ、モツ煮込み、冷や奴、おでん、鯖の味噌煮、串かつ、銀ダラ西京漬け、春巻き……」

「で、その銀ダラの西京漬けはいくらですか」

「ですから一〇〇円です」

「あ、そうか。生ビールとかは？」

「ですから一〇〇円です」

「日本酒は？」

「ですから一〇〇円です」

「ということは、消費税込みで一〇五円ということになるわけですね」

「いえ、一〇〇円ポッキリです」

何という潔い店であろうか。

「ですが立ち飲みの店ですよ」

「ですが、とは何ですか、ですが、とは。立ち飲み当然っ。何なら爪先立ち飲みだってかまいませんっ」

と叫ぶや、なにしろ全狂乱状態なので全速力でその店に駆けつけた。

「*百飲」という店。秋葉原駅昭和通り出口より徒歩一分。

夕方六時半、二階にある「百飲」への階段を上って行ってドアを開けると店内はすでに超満員。

全面積八畳二間分ぐらいのところに、およそ五十人がひしめいている。

一〇〇均の店ということで、当然学生たちがひしめいているだろうなと思いきや、学生さんらしい人ゼロ。

七割が中年と青年のサラリーマン、あとはノーネクタイと女性が六〜七名ずつ。

店内ガイド風に書きます。

店に入るとすぐ右側に冷蔵のケースがあり、塩から、まぐろブツ、冷や奴、お新香、

タコブツなどおよそ十種類が並び、

「開けたら必ず閉めてください」

の貼り紙がある。

あ、その前に、積んである黒色のトレイを取るんだった。

トレイの大きさ、タテ二十五センチ、ヨコ三十センチ。このトレイの大きさを頭に入れておいてください。弁当箱を二つ並べたぐらいの大きさです。

このトレイの大きさに、ここから先のあなたの運命がかかっているのですから。
「冷蔵もの」を取り出すのも押し合いへし合い小突き合い。
そのちょっと先が「あったかものコーナー」で、カウンターの上に、おでん、鶏唐揚げ、もつ煮込み、串かつ、コロッケ、銀ダラの西京漬けなどがズラリと並ぶ。
このカウンターはお勘定も兼ねていて、トレイの上にのせた「冷蔵もの」と、ここで取った

「あったかもの」を係の人に見せてお金を払う。

あ、そうそう、ビールも取らなくちゃ。ビールもここです。一〇〇円のジョッキはオモチャみたいに小さいので、これだけ二〇〇円ものの大きいほうにしましょう。大きいほうはビアホールの中ジョッキよりやや小さめ。

トレイはジョッキと小皿四枚で満員状態。

飲み物と肴を確保したものの席がない。

中央に細長いテーブル、壁側にズラリと幅の狭いカウンター。

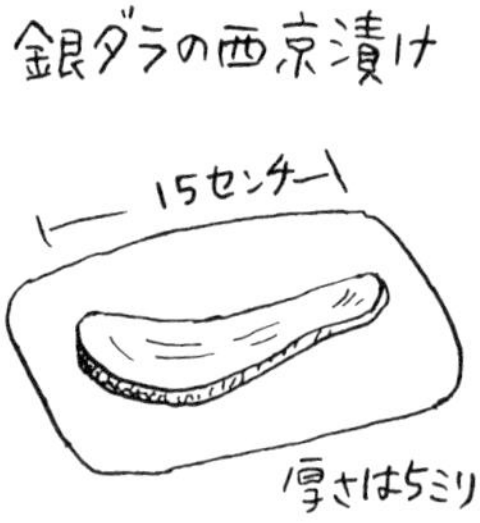

どのテーブルにもすでに客が取りついているが、ようく見ると、タテ二十四センチ、ヨコ二十九センチぐらいのスキマがある。

ここのところへわがトレイをおそるおそる差しこみ、ズリズリと敵のトレイを押しやると、ちょうど二十五センチと三十センチのスキマができる。

わが陣地設営完了。

スキマが見つけられず、流浪の民となって流浪している人もいる。

こう書いてくると、

「当然殺気立っているんだろうな。怒鳴り合いながら、つかみ合いになりながら飲んでいるんだろうな」

と思うかもしれないが、店内はワイワイ、ガヤガヤ和気ワイワイ、全員ニコニコ。

〝一〇〇円の威力〟が、ここにいるすべての人の心を和気ワイワイにしているのだ。

〝一〇〇円の威力〟によって懐もゆるむ。

五品しかのらないトレイに、ナナメにしたりして無理やり七品をのせた富豪らしい紳士もいる。

陣地を築いて安心して飲んでいても、横からズリズリのスキマ狙いが横行しているので油断がならない。

五、六人で来てかなりの面積を陣取り、大いに盛り上がっているグループもいれば、一人文庫本を片手の人もいる。

焼酎ブームとか言われているが、ここではなぜかお銚子が圧倒的だ。

店内にはテレビがあって、ダーツも壁にかかっている。

もちろんダーツをやる人は一人もいない。危ないし……。

＊「百飲」は現在は閉店。

缶詰で飲む酒場

「缶詰で酒を飲む」

とくれば、これはもう昭和三十年代、わが下宿時代、金無い、だけど酒飲みたい、安い酒でいい、安いツマミでいい、とくれば、缶詰ー、缶詰ー、それは缶詰ー、と、なぜか最後は森昌子の「せんせい」のメロディーに乗って回顧されるわが青春の原風景というものなのであります。

酒を飲む、ということになるとまず四畳半の畳の上に新聞紙を拡げる。

これが食卓であった。世界一薄い食卓であった。

ときには一人で、ときには下宿仲間と、トリスをコップにコポコポコと注ぎ、古びて錆《さ》びた缶切りでキコキコと開ける。

当時の缶詰で安いものといえば、まず鮪《まぐろ》のフレーク、サンマ味付け缶、サバ水煮、そしていまでは考えられないが鯨の大和煮《やまとに》が安かった。

と、ここまでは、酒と缶詰にまつわるわが青春の原風景。

もう一つの青春の原風景は西部劇である。

面壁の人
缶詰棚の人
もちろんコートは着たまま

学校の授業をさぼっては、毎日のように西部劇の三本立てを観ていた。

西部劇といえばジョン・ウェイン。

長身、渋面、無骨、しわがれ声。

西部劇には必ず酒場が出てくる。

西部時代特有の、まん中のとこしかないドアを、ジョン・ウェインがグイと腰で開けて入ってくる。

もちろん椅子無し、立ち飲み。

考えてみると、いま流行の立ち飲みの原点は西部劇にあったのだ。

ジョン・ウェインは気だるくカウンターに寄りかかってただ一言。

「ウイスキー」

ショットグラスにバーボンが注がれると、ジョン・ウェインは首を上に上げ、カッと一口でノドの奥に放りこみ、コインをテーブルにパチンと置いて出て行く。

ジョン・ウェインがお釣りをもらってるとこ、見たことないです。

それではここで、わが青春の、この二つの原風景をコラボレーションしてみましょう。

ジョン・ウェインが酒場に入っていく。そして言う。

「ウイスキー」

そして言う。

「と、サバ水煮缶」

バーテンダーがサバ水煮缶と缶切りをカウンターに置く。

ジョン・ウェインはキコキコと缶詰を切っていく。

といったような風景になるわけですが、まさにこの二つをコラボレーションしたような酒場が現代の東京にあるのです。

中央区京橋にある「枡久《ますきゅう》」という酒場。

「枡久」は酒場とはいってても本当は酒屋さんです。酒屋だからもちろん立ち飲み、もちろんカード不可。

立ち飲みでツマミは缶詰。

酒屋なので缶詰以外に袋もののツマミも売っているわけだが、客のほとんどが缶詰で一杯やっている。

昔から「酒屋の店先での立ち飲み」という風習はあったわけだが、「枡久」はちゃんと店の中に入れてくれる。

いまはコンビニ化した酒屋が多いが、「枡久」は昔ながらの酒屋で「塩小賣所」のホーロービきの看板が店内にあり、「富とは人を幸福にするアイデアの実現である」などという大きな日めくりカレンダーもレジのところに掲げている。店の入口は立派な木製ドアで、もちろん自動ではない。

店に入った客はまずどうするか。

商品として陳列されている膨大な数の缶詰の中から一品、もしくは二品選び、商品として陳

列されているワンカップやビールの中から好きなものを選んで店の中央のところにいる係員のところに持って行ってお勘定をしてもらう。

係員というのは店員というより立ち飲み客専用の係員で、女性で、この店の奥さんというか、おかみさんというか、ママさんというか、そういう物腰で応対してくれる。

缶詰は缶切り不要のパッカン方式が殆どで、先述の女性が先述の物腰でパッカンと開けてくれる。

ビンビールの栓も先述の物腰でスッポンと開けてくれる。

缶詰の客にはお箸を出してくれる。

コップ酒の客には一升ビンからコップに注いでくれる。

コップ酒の値段は250円から300円。

酒とツマミを両手で持った（トレイ無し）客は、こぼさぬように注意しながらそれぞれの好みの場所に散っていく。

それぞれの場所というのは、商品として陳列されている一升ビンの棚の前や、円型の缶詰棚の一番上のところ（立ち飲み客のために空けてある）に酒や缶詰を載せたりして、思い思いのスキマを見つけてそこに陣取っている。

スキマは至るところにあり、自然に出来たスキマではなく、店側がワザとこしらえたスキマと思われる、ワザとらしいスキマが多い。

客は京橋界隈のサラリーマンの会社帰りらしい人ばかりで、京橋といえば大手企業が多く、大手企業のサラリーマンという品位が感じられる客ばかりだ。

そのせいか、〝大手企業のサラリーマンたち〟が、〝缶詰で立ち飲み〟をしているのに、少しも悪びれたところがなく、屈託がない。

係員の前は小さなカウンターになっていて、五人の中年の常連客が係員を取り囲んで静かに談笑しており、その中の一人は赤ワインをちゃんとワイングラスで飲んでいるのだった。

一人客は、大きくて高くて広い酒棚の前で〝面壁一時間〟のひとときを過ごしているのだった。

フィッシュ・アンド・チップス？

フィッシュ・アンド・チップスはぼくの憧れであった。

どういう憧れかというと、

「食ってみたい」

という憧れであった。

フィッシュ・アンド・チップスとは何か。

要するに白身魚のフライにフライドポテトを添えたものだ。白身魚はタラが用いられることが多いので、とりあえず「タラの切り身のフライにフライドポテト」と覚えておいてください。

「なーんだ、そんなもの、定食屋のメニューにいくらでもあるんじゃないの」

と思う人もいると思うが、これが意外にないんですね。定食屋にはアジのフライはあるが白身魚のフライはまずない。
発祥地はイギリス。
イギリスのパブの定番メニューだという。

　あるいは街中の露店のようなところで、新聞紙にくるんでもらって、歩きながら食べたりする気のおけない食べ物でもあるという。

　イギリスのパブというと、映画などで見ただけだが、ちょっと薄暗くて、重厚な木製のカウンター、煉瓦の壁、ランプ風の照明、といった店の中で、ジョッキの生ビールを立ったままチビチビ飲みながら、ワイワイ、ガヤガヤ、和気ワイワイとやるとこ、という印象がある。

　そういうとこでフィッシュ・アン

ド・チップス。

うーむ、いいだろうなあ、と、ずうっと憧れていたのだ。

タラのフライにフライドポテト、これ以上ビールに合うものはあるまい。

週刊誌をパラパラめくっていたら、日本にもそういう店があるという。

意外にも、ＪＲの新宿駅の中央口を出たとこにある新宿ライオン会館の二階にあるという。

このビルなら、これまで何回も生ビールを飲んだことがあるのだが、二階の「ダブリナーズアイリッシュパブ」には気がつかなかった。気がついていたのかもしれないが、ビアホールらしくない外観に、入るのをためらわせるものがあったのかもしれない。

このパブにはもちろんフィッシュ・アンド・チップスはあるが、ギネスの樽生も売り物だという。

バーテンが、心をこめて、実にもうゆっくりジョッキについでいくので、その泡は、クリーミーを通りこしてクリームそのものだそうだ。

だが問題が一つある。イギリス人は冷たいビールを好まず、ぬるめをゆっくり時間をかけて飲むといわれている。ところがぼくは、人一倍冷たいビールを好む。

ぬるいビールなら飲まないほうがいい、というくらい冷たいのを好む。

「ダブリナーズ……」は、百人はラクに入るという大ビアホールだった。

夜の七時、店内は客でもうぎっしり。外国人の含有率が高い。

カウンターの中にはアイルランド人らしいバーテンの姿も見える。

フィッシュ・アンド・チップス（長いので以下F&Cと記す）とギネス樽生を注文。

ギネスは一パイント八五〇円。なんだかよくわからないが、このパイントというのがいい。気分が出る。

F&Cは七五〇円。

支払いは、キャッシュ・オン・デリバリーとかいう方式で、翻訳すると、注文品到着時金寄こせ方式。このCOD方式もなんだかかっこいい。日本の牛丼屋方式、立ち食いそば屋方式にちょっと似ているが、あれは注文品到着前金寄こせ方式。

ギネス樽生到着。

もしこれがぬるかったらどうしよう。

キャッシュ・オン・デリバリーのため、バス車掌風カバンを携行するウェイトレス

あのバーテンの首をとりあえずしめて、そのあと死んじゃおうかしら。

ギネス心中、ですね。

ギネス樽生は幸いにも冷たかった。

たしかに泡はネットリ。泡のまん中に楊子を刺しても、倒れず、沈まず。

いつも飲んでいるビンのギネスとちがって、まるでコーヒーそのもののような味。かなりの苦味。チクチクではなくスルスルとノドを通過する。

F&C
モルトビネガーをかけて食べるものらしい
HEINZ
MALT

F＆C到着。

見た目にはやや薄めのトンカツ。かなり大きく、葉書よりやや小さめのやつが二枚。フライドポテトも大量。湯気があがっていて、うーむ、いかにもウマそうだ。

コロモ硬め、厚め、トゲトゲ、パリパリ。中身はやはりタラ。タラにかすかな塩味。硬めの皮と厚めのタラの切り身が実によく合う。日本のビアホールでも、ぜひこのF＆Cを（やはりF＆Cでは気分が出ないので以下フィッシュ・アンド・チップスに戻す）メニューに加えて欲しい。

八時。客、どんどん入ってくる。

立って飲む人専用のテーブルも満席となり、流浪の民状態の人もいる。外国人の客は、中がすわれない状態なのを承知で入ってきて、立ったまま飲むのが当然という態度で飲み始める。

日本人はとりあえずどこかに空席はないか、と、あちこち探す。すわることに意地きたない。

外国人は、すわることに意地きたないところがない。足が長いと立っているのがラクなのだろうか。

注文品到着時金寄こせ方式だと、いざ帰るとき、何杯飲んだのかがわからない。たくさん飲んで、たくさん食べて、たくさん払ったのに、いざ帰るとき、店側はそういう客だということがわからない。たくさん払ったのに、と、なんだかくやしい。

さっき、せっかくフィッシュ・アンド・チップスをF&Cと略さず、ということにしたのに、その機会がなかったことをおわびします。

日本流オクトーバーフェストは

もう、ウキウキ、ワクワク、小躍りしながら、スキップもときどき加えながら出かけて行ったわけです。

ドイツの「オクトーバーフェスト」にならったイベントが日本各地で行われ、その一環として日比谷公園でも「東京オクトーバーフェスト」が開催されたのだ（二〇〇五年九月二十一日～二十四日）。

いまから二十五年ほど前、ぼくは本場ミュンヘンのオクトーバーフェストに行ったことがあって、それはもう楽しかった。

一つのテントに四千人から六千人！　という巨大テントが十四カ所も張られ、その混雑、喧騒、歓声、そして歌声、そしてビール、そして熱いソーセージ、その一つ一つがいまでもはっきりと甦る。

あの夢の祭典が東京で再現されるのだ。上空に赤トンボが舞う秋空の下でゴクゴク飲む本場ドイツの冷たい生ビール。
あー、一刻も早く飲みたい。

この日、ぼくは朝から水分を控え、午後になると何回も風呂に入ったり出たりをくり返しノドをカラカラにして、万全の態勢を整えて出かけて行ったのだった。

日本のオクトーバーフェストはどのように執り行われるのか。

新聞の記事によると、中央の噴水の周りにびっしりとテーブルとベンチシートを並べ、その上に白い大テントを張りめぐらし、大型スクリーンとステージを入口近くに設置し、そこでは本場のオクトーバーフェストの様子を映し、ドイツの民族音楽に合わせて歌ったり踊ったりするという。

夕方五時、有楽町の駅を降り、そこから歩いて三分ほどの日比谷公園に向かったのだが、歩いているうちにどんどん歩速が速まっていく自分を押しとどめることができない。

ほとんど駆け足状態になっているぼくを、グリーンのゴルフシャツを着た小ぶとりのおじさんが、つんのめるような勢いで追い抜いて行く。

もしかしたらぼくと同じノドカラおじさんなのかもしれない。

会場に着いたら、まず用意されているというレーベンブロイの生をゴクゴクし、次に本場オクトーバーフェスト公式ビールのシュパーテンとかいうのをゴクゴクしよう、と、ぼくも最終的にはつんのめるようにして公園に到着したのだが……。

ぼくが最初に目にしたのは、デパートの催事場でよく見かける「最後尾はこちら」というプラカードだった。

そのプラカードは会場全体にあり、すなわち長蛇の行列はいくつもあり、各銘柄のビールの行列、ソーセージなどのドイツ料理の各店の行列、と、会場内は行列だらけなのであった。

とりあえずビールの行列に並んだのだが、その行列の長さ五十メートル、訊けば待ち時間は三十分だという。

いいですか、こっちは朝から水分控えの、風呂に数十分入りのという、ノドカラカラ度一級資格者なのだ。

もうたとえ一分だって待てない体なのだ。ノド一帯は、干天で干上がったダムの底のように無数のヒビ割れができているのだ。

ビール欲求度一級資格者なのだ。

ピーナツ1粒でもいい
塩3粒でもいい
このときほどおツマミが欲しいと思ったことはなかった

その資格者に三十分待てというのだ。

ガリレオはそれでも地球は回ると言ったが、ぼくはそれでもビールを飲みたい、この文脈は論理的にヘンだが、あまりのことに頭がヘンになっているのでこれでいいのだ。

憤怒、激怒、慷慨《こうがい》、怨嗟《えんさ》、絶望、祈り、そして呆然……と、しつつも、待てよ、と、ふと思った。

ここから歩いて一分もかからないところに、生ビールを飲ませる店はいくらでもあるのだ。

そこへ行けばいますぐ、冷たーい生ビールをゴクゴクできるのだ。

うーむ、どうしよう、と迷いつつも行列は少しずつ進む。

しかしせっかくこうして並んで、少しずつだが行列は進んでいるのだから、と、迷いつつも行列は進む。

行列のすぐ脇のところには無数のテーブルが並んでいて、そこにはすでにジョッキやソーセージがズラリと並んでいて、みんなニコニコしながら旨そうにビールをゴクゴク飲んでいる。

いろんなドイツ料理のおツマミがあったのだが
ジャーマンプレート

「旨そうにゴクゴク飲むなーッ」

憤怒の人は心の中でそう叫びつつ睨みつける。

太くて熱そうなソーセージにカラシを塗っている人がいる。

「カラシなんかつけるなーッ」

絶望の人は号泣する。

こっちは憤怒と絶望と号泣の人と化しているのに、行列の人々は意外にも、談笑しながら行列を楽しんでいるようなのだ。

日本流のオクトーバーフェストを楽しんでいるらしいのだ。

ノドカラカラ、息たえだえになったころ、ようやく生ビールのテントに到着。ジョッキ一杯五〇〇円。

「さ、さ、さんばい」

と、かすれた声で言って三杯もらう。もし足りないとまた三十分並ばなければならない。

わななく手で三杯受け取り、数歩歩いていきなり立ったままゴクゴクゴクゴク。座席はすべて満員ですわるところはない。

数歩歩いてまたゴクゴクゴク。

ヒビ割れたノドのヒビの一つ一つに冷たいビールが沁みこんでいく。

つくづくツマミが欲しかったが、そのためにはまた三十分かかる。

ツマミなしでジョッキ三杯を一気に飲んだのは生まれて初めての経験だった。

おかげで急速に酔いが回り、来たときと同様、つんのめるようにして帰宅の途についたのだった。

駅の中で飲む

とりあえず、自分がよく利用する駅の構内を頭に思い浮かべてください。

ぼくの場合だと、ＪＲの西荻窪駅ということになって、まず、自動式の改札の列があって、そこを通ると階段が二つあってホームが二つある。

二つのホームの上には二つのキヨスクがある。

駅によっては、これに立ち食いそばの店があって、そこで何人かの人が立ってそばを食べていたり、パンと牛乳のスタンドがあってそこで牛乳をゴクゴク飲んでいる人がいたりする。

こういったところが、ま、ごく一般的な駅の構内風景ということになる。

駅の構内で飲んだり食べたりしてもいいものには、そこにおのずと限界がある。アンパンやサンドイッチは許される。牛乳や缶コーヒーも許される。ネギも許される。

むろん、長いままを駅の構内でかじったりするわけではなく、立ち食いそばの薬味として許される。

だが、モツ煮込みはどうか。サンマの塩焼きは駅の構内で食べてもいいのかどうか。

駅の中ですっかり安心してくつろいでいるオトーサンたち

納豆はどうか。赤ダシナメコ汁なんてのはどうなのか。

実をいうと、いまここに挙げたものは全部ＯＫなんですね。駅の構内で納豆を食べてもいっこうにかまわない。

現に大勢の人が、駅の構内でサバの味噌煮やシラスおろしやキンピラゴボウなんかを食べているのだ。

大抵の人は行きつけの店を持っている。行きつけの居酒屋は、会社と駅の間にあることが多い。大抵の人はそこで、モツ煮込みやシラスおろしなんかでイッパイやってから駅に行き、定期を出して構内に入る。

会社から駅に直行し、定期を出して中に入って行く人を見たら、

「ああ、あの人は途中でイッパイやらずに家に直行する人なのだな」

と思うはずだ。

仮にこの人をAさんとしよう。年齢は仮に四十八歳としよう。

Aさんは品川駅の改札を入っていくと、構内にある「お食事処・ザ食堂」のノレンを押し、手押し自動式のドアを押して中へ入って行った。

駅の構内にある店だから、せいぜい立ち食いそばに毛の生えた程度の店だと思うでしょう。

ところがこの店のテーブル数十四。四人掛けだから定員五十六名。

押しも押されもせぬ立派な居酒屋だ。

「『お食事処・ザ食堂』という名前からして、どうせ定食中心のお店だろう」と思うでしょう。

ところが、モツ煮込み、おでん、イカの一夜干し、キンピラを中心としたメニューの、押しも押されもせぬ立派な居酒屋なのだ。

この「ザ・食堂」の隣は「薩摩屋敷」という民芸造りの更に立派な居酒屋だ。この

一画には、更に「らーめん亭」「コーヒーショップBali」「お酒処・平成横丁」「丼物・KEYAKI」「立ち食いそば・常盤軒」などが立ち並んでいて、いずれも立派な店構えばかりで、新宿あたりの飲み屋街にいるような錯覚を覚える。が、ふり返れば、酒と無縁の通勤客が、明らかに〝駅構内の人々〟の表情で忙しく行き交っているのだ。

どうもなんだか、駅の構内にこんな飲み屋街をつくっちゃっていいものなのか。

えき
立ち食い定食
というのはどうか
サンマ
ナットウ

店内に入って行ったAさんは、店の一番右奥のテーブルに腰をかけた。すでに先客一名がいて、この店では相席は当然だ。

夕方六時。店内はほぼ満席。

Aさんは「生セット(大)・枝豆・チーズたら一〇〇〇円」を頼んだ。

この店のモットーはチョーハヤだ。漢字で書くと超速。ターミナル駅という性格もあって、客が「生セット」と言い、店員がそのテーブルから「生セット」と奥に言ったとたん、カウンターに「生セット」が出ている。

枝豆を一粒口に入れてから生をグーッと一口やると、Aさんはかねて用意の夕刊を拡げる。

見渡すと、夕刊を拡げている人が多い。客数五十名中、実に十六名の人が新聞を拡げてイッパイやっている。

こんなに多くの人が、新聞を拡げている居酒屋をぼくは見たことがない。

客のほぼ全員がネクタイをしめたサラリーマン風で、

若い人が少ない。

連れといっしょ、という人も少ない。

ほぼ全員が一人で来て一人で新聞を読みながら飲んでいる。

Aさんと相席の客は五十代前半で、やはり夕刊を拡げている。

彼の前には、「肉豆腐」「サバ味噌煮」「お新香盛り合わせ」などが豪華に並んでいて、飲みものはビールでなく二合徳利だ。

新聞をバサバサやりながらサバをつついてはお酒を飲み、ときどきヨージでシーハしながらすっかりくつろいで飲んでいる。まるで我が家のダイニングキッチンで飲んでいるようだ。

このおとうさんの家はきっと遠いにちがいない。茅ヶ崎とか小田原あたりまで帰るにちがいない。家に帰ったら寝るだけにしたいにちがいない。そのために、家に帰ってからすることを、全部ここでやっておきたいのだ。夕刊読破もここで済ませておきたいのだ。

気がつくと、この二合徳利の客が半分ぐらいいる。梅雨の晴れ間のこの日など、絶対にナマのほうがウマいにちがいないのだが、「二合　四七〇円」の魅力が二合徳利に向かわせるのだろう。

Aさんは、「生セット」だけでそそくさと店を出た。

あとはその足で電車に乗るだけだ。

考えてみると、〝電車がすぐそこに来ている飲み屋〟というのはここしかあるまい。

こんなに安心してくつろげる飲み屋はめったにあるものではない。

「干天の慈ビール」

「きょうのビールをいかにおいしく飲むか」

毎日毎日、それればっかり考えている。

ぼくの日常は、夕方6時には仕事を終え、そのあとはビールを友として過ごす。

そのビールをどうおいしく飲むか。

最高の美味は空腹によってもたらされる。

最高のビールの味はノドの渇きによってもたらされる。

ノドの渇きは汗の流出によってもたらされる。

汗の流出は、運動かサウナによってもたらされる。

うん、だんだん考えがまとまってきたぞ。

手っとり早いのはサウナだ。

長時間サウナに入ってノドをカラカラにする。

乾季が続いて干上がったダムの底のように、ノドの粘膜がカラカラに干上がってヒビ割れる。そのヒビの一つ一つに、冷たく冷えたビールの泡がしみこんでいくのだ。

この移動距離を
長く長く感じる
田中さんで
あった
目が
血走っている
七味

ヒーッ。
などと、思わずヒーッが口をついて出る。
こうなってくると浮足立ってきて気もそぞろ。
いま午後5時50分。
バタバタと仕事を片づける。
今夜のビールをいかにおいしく飲むか。
考えること3分、おおよその計画が打ち立てられた。
ぼくの仕事場はＪＲの西荻窪の駅の近くにある。

ＪＲの荻窪駅のすぐ近くに「なごみの湯」という天然温泉がある。

そこへ行く。

ここは五階建てのビルで、ビル全体が温泉施設になっていて三階が食事処となっている。

ここに生ビールがある。

生ビールがあるからには焼き鳥もあるにちがいない。

サウナで汗、そののちビール（含む焼き鳥）。

西荻窪駅から荻窪駅まで電車で３分。

歩いて20分。

そうだ、歩いて行くのはどうか。

本日、梅雨の中休みとかで快晴。気温18度。

この気温18度のなかを20分歩くとどうなるか。

そう、汗。

サウナの前にすでに一汗。

わが仕事場から荻窪駅まで歩いて行くには青梅街道ということになる。

ここで、これから行おうとしているビール構想を整理しておこう。

目的地＝荻窪の「なごみの湯」。
交通手段＝青梅街道を徒歩。
目的＝発汗を目的としたサウナののちの生ビール。
目的地としての「なごみの湯」には温泉もある。
神経痛、リウマチに効く炭酸泉が併設されている。
交通手段としての青梅街道は、名代なるかな東海道には負けるが、慶長11年、江戸城修築のとき、城壁用の資材を運んだという名街道である。

ここまで考えて、ぼくはあることに気がついた。

これからぼくが行おうとしているのは、はとバスなどの日帰りツアーに似ていないか。

「○○温泉入浴と名所散策と寿司食べ放題ツアー」

に似てないか。

「有名青梅街道散策と温泉・サウナ入浴と生

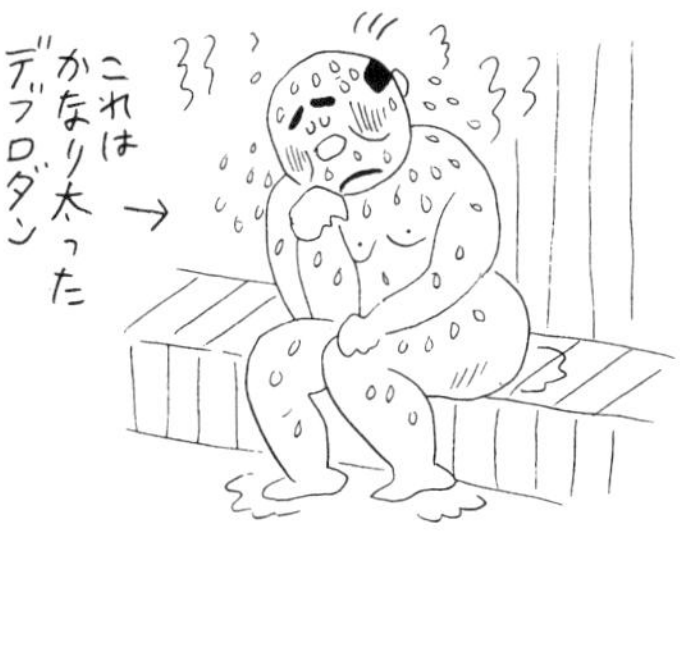

ビールと焼き鳥３本ツアー」として、旅行会社のプランに取り入れられるのではないか。

今回は参加者１名だが、数名になれば添乗員をつけて旗を持って先頭に立ってもらい、青梅街道を行進する、ということも考えられるプランではないか。

６時25分、「なごみの湯」に到着。

すでに汗。

泡の線が示す 限界効用逓減の法則

入館料２１５０円を払ってロッカーで裸になってサウナに直行。

サウナの室内はかなり広く、先客11名。

サウナの室内温度98度、全員すでに汗ダラダラ。

全員暑さに苦しんでいる。

人間、暑さに苦しむときのポーズは同じになるらしく、全員ロダンの考える人になっている。

全員暑さで何かを考えるどころではないので、何も考えない考える人になっている。

ぼくも耐えること7分、楽しいことなど一つもない。

ただ、ただ生ビールのため。

7分入って水風呂にドブンを6回くり返し、そのあと三階の食事処に駆けつける。

口の中は、干上がって10年目のダムの底状態。

とにもかくにも生ビール。

何が何でも生ビール。

テーブルに座ってビールを注文して、ビールが来るまでの時間の長かったこと。

一日千秋の思いどころではなく、一秒万秋の思い。

ビールが到着して、ジョッキを持って口のところまで持っていくまでの時間の長かったこと。

ジョッキに口をつけて、ビールが口の中に流れこみ始め、そのビールがノドの奥まで到達するまでの時間の長かったこと。

そのとき手が震えていたことをいまでもはっきり思い出す。

あんなに切羽つまった気持ちになったことは、これまでのわが人生にあっただろうか。

ゴクゴクゴク、ただひたすらゴクゴクゴク。

飲み終わってテーブルに置いたジョッキには、泡の線が二つだけ。

二口で飲み干したことになる。
ただちに二杯目を注文してゴクゴクゴク。
こんどは泡の線が三つになっていた。

丈夫なからだで「吉呑み」

これまで吉野家では、人々は黙りこんでいた。
黙りこんで牛肉の一片を口に入れ
ツユだくのごはんを食べ
紅生姜《べにしょうが》をときどきつまみ
雨にも負けず、風にも負けず
毎日吉野家に通い
丈夫なからだを持ち
いつも静かに笑って
牛丼（並）を食べている
そういう人々で吉野家のテーブルは埋まっていた。吉野家はいつも静寂の中にあった。

いま、吉野家から、人々のさんざめきが聞こえてくる。

大きな笑い声も聞こえてくる。

「チューハイ一丁」

などの声も聞こえてくる。

え？　吉野家でチューハイ？　と驚いていると、あるまじきことだが、

「子持ちししゃも一丁」

という声も聞こえてくる。

あまつさえ、

「マグロ刺身一丁」

という声さえ聞こえてくる。

吉野家といえば牛丼、牛丼といえば吉野家、その吉野家で刺身を求めるなど、砂漠で刺身を求めるのと同様のことと考えられてきた。

あの黙りこくっていた人々は一体どこへ行ったのか。

いま吉野家周辺では「吉呑み」という言葉がしきりにささやかれているという。

「吉呑み」とは何か。

吉野家で酒を飲むことだという。

吉野家で酒？　と誰もが驚くが、吉野家が居酒屋商売にも手を出し始めたのだ。

ぼくはこれまで、吉野家で牛丼を食べているとき、いつも、ここでビールが飲めたらなあ、と思っていた。

丈夫なからだを持ち、いつも静かに笑って牛肉の一片を口に入れ、ツユだくのごはんを食べながら、

「いまここでキューッと一杯ビールを!!」

と何回心の中で叫んだことか。その夢がついに実現することになったのだ。

JR神田駅高架下の吉野家の二階への階段を駆け上がる。

ここの一階はそのまま牛丼屋だが、その二階が平日の5時以降「ちょい飲み」の店に変わる。

「ちょい飲み」についても一言説明しておかねばなるまい。

これまた最近巷で流行っている言葉で、たとえば「ガストでちょい飲み」「バーミヤンでちょい飲み」「ケンタッキーフライドチキンでちょい飲み」、はては「コンビニでちょい飲み」というのさえあるという。

これまで主にファミリーを対象にしていたこれらの店が、

「ウチあたりでも軽く一杯やってくださいよ」

と会社帰りのおとうさんたちにも声をかけ始めたのだ。

そうした傾向の一環としての「吉呑み」ということになる。

「吉呑み」はみんながそういう言い方をしているだけだと思っていたのだが実在の言葉だった。

その神田駅高架下の店頭に置かれた電飾の立て看板に、堂々と、誇らしげに、嬉しそうに「吉呑み」と書かれてある。

吉野家のやる気が感じられる。

この店の一階はごく普通の吉野家造りだが、二階のコの字型のカウンターのところどころがテーブル席になっている。

回転ずしのカウンター席のところどころがテーブル席になっていますね、あの造り。

午後6時、二十席ほどの席の半分が埋まっている。

6時10分、満席。6時20分、外に行列。店内活気。

「ちょい飲み」のはずの客が「どんどん飲み」になっている。

サラリーマン風の四人づれは、入ってくると全員いっせいにコートを脱いで壁のハンガーに掛け、最初から「長期飲み」の態勢になっている。

とにかく値段が安い。

生ビール　300円
ウインナー（4本）　200円
枝豆　160円
マグロ刺身（6切れ）　250円
キムチ、お新香　各100円
子持ちししゃも　250円
芝海老素揚げ　250円
冷《ひ》や奴《やっこ》　160円
冷酒　340円
え？　そんなものまであるの、それじゃやまる

きり居酒屋じゃないの、というかもしれないが、ふと店先の軒下を見れば、赤提灯《ちょうちん》に堂々の「居酒屋」の文字。

ホッピーが人気だ。

「ホッピー　中《なか》」

「ホッピー　外《そと》」

の声が飛びかう。

ホッピーは、ホッピー本体と、ジョッキに入った氷と焼酎のセットが350円。

ホッピー（外）が200円で、ジョッキ（中）が150円。

ぼくは生ビールとマグロ刺身と牛丼を注文。

全品一分以内に到着。

さすが、早い安い旨いの吉野家だ。ではではと、とりあえず刺身から。

吉野家で刺身。

吉野家と刺身。

吉野家の刺身。

この六字の文字のつらなりは何回書いても違和感があってしっくりこない。

吉野家で牛丼、こっちは当然。
ところが、周りを見回してみると、牛丼を食べているのは誰一人としていない。
ここにいる客全員、ここが吉野家だということを忘れているようだ。
こっちは長年の夢がついに実現。
牛丼で生ビール。丈夫なからだで静かに笑いながら生ビール。

ほろ酔い対談

ビールほどえらいものはない

東海林さだお × 椎名誠

しいな・まこと

1944（昭和19）年、東京生まれ。作家、エッセイスト。1976年に書評誌『本の雑誌』を立ち上げ、1979年に同誌の連載をまとめた『さらば国分寺書店のオババ』で作家デビュー。『アド・バード』『岳物語』『旅の窓からでっかい空をながめる』などの他に、自身が率いる〝酒飲みおとっつぁん軍団〟のキャンプ道中をまとめた『わしらは怪しい探検隊』シリーズなど。

飲み方で人間が分かる？

椎名　（乾杯のあと、ビールを飲みながら）うー。効くなあ。今日は午後三時から水分をとらないで来た。

東海林　それは分かる。そういうことを全然考えない人がいるからね。これからビール飲みに行くというのに、水を飲んでいる人。

椎名　僕はそういうやつは信用しないんだ。それでもってすごい蘊蓄《うんちく》を言ったりするんだよ。上面発酵がどうのとか……。水を飲むやつはね、もう人間として信用できない。

東海林　脇が甘いんだろうね。出世しない。

椎　名　ビール一つでね。入社試験にビール飲ませればいいんだよ。面接官が誰かにもよるけど。東海林さんとか俺みたいな面接官だったら意外な人が入社するかもしれない。

東海林　お店に行って最初の一杯をぐーっと飲んで、うまいとも何とも言わない人がいるよね。

椎　名　いるいる。

東海林　だいたい「あー、うまい」と言うはずなのに。うまいはずなんだから。

椎　名　言わないというのは、あまりのうまさに言葉を失っているか。

東海林　じゃない。

椎　名　馬鹿なんだよね。

東海林　意外に大物だったりして。

椎　名　いや、強いんだ。こいつが。底なしに飲めるんだ。

東海林　意外にしぶとくてね。

椎　名　酒癖が悪いんだ。だいたい暴れる。暴れたら……不採用かな。
東海林　暴れ具合によるんじゃない。器物損壊とかはだめだね。
椎　名　楽しませればいいいんだよね、周りを。俺、昔サラリーマンやっていたからよく分かるんだけど、必ず脱ぐやつがいる。あれも困るよね。
東海林　僕は会社関係はよく分からないけれど、確かに暴れる人はいる。

最近の若者は……

東海林　ところで、最近の若者はなんで飲まなくなったのか。
椎　名　外国に行かなくなったというのと同じじゃないの。インターネットのせいになっているけど。
東海林　若い者が飲まなくなったというのはもっと大きな問題があるんじゃない？
椎　名　酒を通して人とつき合うのがイヤになったのかもね。
東海林　それはあるね。面倒くさい。ましてや女の子とつき合うなんて……。
椎　名　女とつき合うために、酒は必須じゃないですか。
東海林　なんだけど、それさえも煩わしい。

椎　名　もったいない。

東海林　だって、女の子が、「終電がなくなっちゃった」と言って男の子のところに泊まって、手もつけないんだって。もし、これで手をつけたらこのままどういう展開になってしまうのだろうか、とか考えて。冒険をしない。

椎　名　外国に行かないのもそうらしいね。危険を避ける。でも、酒を飲んだら「飲んだ勢い」という言葉があるくらいだから、何でもできるんじゃないの。

東海林　僕らなんかはそうだったよね。すべて飲んだ勢いで、後先考えず。(笑)

椎　名　ねえ。

東海林　それが何もしないという話をよく聞きますよ。逆に言うと、僕らの青春って何だったんだろうって思うね。見境なくて。

椎　名　(笑)。見境なく動物のように。

東海林　酔った勢いで。

椎　名　だいたい酒の力を借りていたね。

東海林　そう。だいたいのことは酒の力。

椎　名　人間関係が変わったんだろうな。

東海林　それはそうだろうね。

文章が変わってきた

東海林　やはりメールがあらゆる場所にすごい力を発揮している。

椎名　コンピュータが変えたんだね。社会構造を。

東海林　人間が間違った方向に走り始めたという。

椎名　昔、産業革命というのがあったでしょう。あれに近いんじゃないかな。

東海林　今の世の中、みんな文章を書いているでしょ。毎日。だから、あれなんというのかな。ツイッター？　ＬＩＮＥ？　昔は一日一回文章を書く人なんて少数派だったでしょう。それが今はほとんどの人が毎日なにかしらの文章を書いている。こんな時代はなかったから、文章に対する読者の見方も変わってきていると思う。

椎名　例えばどんなふうに？

東海林　新聞のコラムなんて字がびっしり書いてあるでしょう。真っ黒に。そういうのを見て、「ああ、これはダメ、読む気しない」と思う人は多い。書くほうもそれに対応しないと。真っ黒な人は絶滅しちゃう。

椎名　東海林さんは白いよ。

東海林　そう、すかすか。

椎名　あっ！　ずるしてるな、と思って見ていたんだ。ここで行替えする必要はないじゃないかというくらい行替えしている。でも、そういうことだったんですか。

東海林　そのほうが読もうという気になるんですよ。ちょっと隙間があるほうがいい。真っ黒いのは読まない。漢字の割合もある。なるべく漢字を減らすとか。

椎名　あれ、全然お酒の話が……。

生涯最高のお酒とは

椎名　だいたい世界中にビールはあるけれど、ビールを飲めない国もあるんですよよ。でも、そうすると秘密の酒があるの、必ず。僕は初めてそういう酒を味わったのがインドのマドラス（現・チェンナイ）に行ったとき。州法で酒が禁じられていた。そこで、俺は、こんな暑いところでビールがないっていう現実に気がついて、発狂しそうになったわけだよ。でも裏には裏があって、秘密のビールを飲ませるところがある。それは怪しいレストランで、奥のほうに別室があるわけ。で、そこでカネを渡すと、ウェイターが部屋を出て行く。でもなかなか帰って来ないんだ。やがてそいつが手ぶらで戻って来たわけよ。あれー、と思ったら、にやっと笑いながら背中に隠していたビールを出した。温まっちゃって……。

東海林　瓶をつかんだ瞬間「ありゃあ！」と思ったの。ぬるい。冷えてない。

椎　名　当然だよね。

東海林　ビールと言ったらそのままのビールが来る。「冷えているビール」と言わなきゃいけないいんだよ。あれから学んだね。秘密のビールを頼むときは「冷えている」という単語を入れる。「冷えているビール」。

椎　名　「冷えている」と言えば、ちゃんと持ってくるの？

東海林　冷やす機能がないところもあるからねえ。たいてい、ないところが多い。カナダのバフィン島というエスキモーのいるところへ行ったときはビールそのものがまったくなかった。なんと俺はそこに二一日間もいたんですよ。ビールなしで。しかも白夜。ビールのない夕食ってこんなにもつまらないものかって、毎日辛かった。いよいよ帰ることになったんだけど、首都オタワに行けばビールが飲める。もう、飛行機の中をオタワまで走りたい気持ち（笑）。閉店間際のレストランにタクシーで乗りつけて。もう焦り狂って……。

東海林　目が血走っていたでしょう。

椎　名　ボーイがジョッキを持ってくるんだけど、お盆に載せて「ようこそ云々」とか言っている。早くよこせ（笑）。もうスバヤク奪い取ったわけよ。あのときの境地と言ったら……。二一日目に飲む冷えたビールですよ。もう逆上しているから味は分かんないわけ。で、三分の一くらい飲んだときにやっと我に返った。もう我を忘れているんだね。

東海林　分かるね。

椎　名　ビールのつぶつぶが、わがカラダの細胞に吸収されていくのが分かるわけですよ。のどとかイブクロの細胞が喜んでいる。わー！　ビールだ、ビールだ！

東海林　のどから胃まで落ちてくる。

椎　名　しばらく飲んでいなかったから、早くもふわーんと来て。あれは忘れられないね。生涯で一番おいしかった。だから、人間は飢餓状態に置かれなきゃダメなんです。

東海林　飢餓状態。そこへ行くの（笑）？　僕はそういうのはあんまりないな。毎日飲んでいるから。だいたい仕事が終わりそうになると、あと三〇分、あと二〇分でビールが飲めるぞ、と。毎日それです。だけどビールに泡がなかったらどうなるんだろう。

椎　名　発酵させれば泡は出るんですよ。あまりきれいな話じゃないけど。南のほうのある島、トロブリアンド諸島のキタヴァ島というところにちょっと置き去りになっちゃったことがあるんです。写真を撮りたいから一人残って次の船で行くことにしたら、次の便が来なくて。よくあることだけど。で、三日間いた。

東海林　一人で？

椎　名　一人で。言葉は全然通じないけど、みんな親切でね。そのときに貴重な体験をした。まずたらいでタロイモだかヤムイモだかをマッシュポテト状にする。

東海林　たらいに？

椎　名　たらいに敷き詰めてかき回す。おばさんたちが一〇人くらい集まって歌を歌いながら。パピプペポ系の言葉で。僕はヒマだから見ていたわけよ。そのうち一人がそのマッシュポテトをかっと口に入れて……。でも食べちゃうわけ

東海林　じゃないの。口の中でうごうごうごうご、こっちへやったりあっちへやったり……。

椎　名　ねばねば。

東海林　そうそう。そのうちにそれをぶわーっとたらいに噴くわけですよ。それがきっかけでまわりのおばさんたち全員がそれぞれ同じことをやりだして。みんなでそれを三〇分くらい。ワーワーもぐもぐ。

椎　名　みんな吐いちゃうの。

東海林　みんな口から出してそこに吐く。

椎　名　何のために。

東海林　唾液の中のアミラーゼが発酵スターターになってイモのお酒になっていく。一日置いてムシロのふたを開けると発酵している。ブクブクブク……。口噛《くちかみ》酒《ざけ》。

椎　名　で、それを飲んだの？

東海林　最初は迷ったわけですね。どうしようかなって。おばさんたちが噛んでつくったお酒をおじさんたちが木のお椀でうれしそうに飲んでいる。そこで拒絶したらちょっともう。

東海林　そうだよ。
椎　名　飲んだんだけど、複雑な……。ちょっと酸っぱい芋汁。やっぱり。

キメはウイスキー

東海林　僕はウイスキーも飲む。モルトでも、スコッチでも。いつもウイスキーのストレートを用意しといて、ビールをチェイサーにして三杯ぐらい飲まないと眠れない。ビールに始まり、途中はいろいろなお酒を飲むけど、最後はウイスキーにビールでトドメを刺す。そういうのはやらない？　トドメを刺すのは。
椎　名　トドメを刺せない。なかなか。でも、寝る前は強い酒になってくるね、当然。
東海林　何？　ウイスキー？
椎　名　俺はウイスキーはシングルモルト。スコットランドに何度か行って工場もたくさん見てきたので、シングルモルトファンなんだよね。
東海林　アイラ島とか？
椎　名　そう。アイラ島の「ボウモア」がいいですね。海のウイスキー。「ラフロイ

東海林　グ」もうまい。水がいいんですね。

椎　名　あの土、なんていうんだっけ。

東海林　えーっと最近記憶力がどんどんなくなってくるから。後で思い出す。アイラ島は一回海底に沈んだ島なんですよ。ヨードの入った土があって……。

椎　名　何て言ったっけ。

東海林　そうだ。ピート層だ。乱暴ながら簡単にいうと草の化石層みたいなものらしい。

椎　名　ウイスキーをストレートで一口、口に含んで飲み込んで、しばらくじーっとしている。スモーキーで風景が浮かんでくるね。北の海の。

東海林　酒蔵が本当に海を背に並んでいるんだ。倉庫が小さいから波をかぶるんだよ。だから……。

椎　名　磯の香りになるんだね。

東海林　俺が行ったのが生牡蠣のシーズンで。生牡蠣に「ボウモア」をかける。ソース代わりにたっぷりと。うまいんだ、これが。島の人はみんな昼間からそれを食べている。それでみんな車で動いている。みんな酔っ払って走るの。

椎　名　（笑）

演歌のような居酒屋はない

東海林　椎名さん、理想の酒場ってありますか？　僕は家でも仕事場でも外でも飲むけど、こういう店がいい、というのはないね。

椎　名　だいたい、演歌に出てくるような居酒屋は日本にはない！　と断言できる。酒はぬるめの燗がいいとか、あぶったイカとか。

東海林　おかみさんが割烹着で。

椎　名　海辺で、美人のおかみが一人で客待ち顔で待っている店なんていうのは一軒もありませんね。

東海林　ないね。

椎　名　もし仮にあったとしても、約五分で海坊主みたいなおやじが出てくるわけよ。そいつの旦那がネ。演歌のアレは妄想。はかない男の妄想。

東海林　みんな抱くよね、一度は。そういう居酒屋があったらいいな、と。

椎　名　俺が一番好きな居酒屋は……場所は海岸キャンプのたき火のまわり。今、おやじばかりの「雑魚釣隊《ざこつりたい》」というのを組織していて。魚釣りに行って一五人から二〇人で毎月飲んでいる。たき火して。そこで飲むビールはうまいんだ。食い物も。けっこう何でもできる料理人がいるからね。

東海林 ビールは冷えている？

椎　名 クーラーボックスにクラッシュアイス入れて持っていくから、もう極冷えの缶ビールですよ。

東海林 飽きない？

椎　名 一〇年やっているけど、ますますはまっていく。この間、その遠征で青ヶ島に行ってきたんだけど、台風一一号の余波で連絡船が二週間出なかった。

東海林 青ヶ島ってどのへんだっけ。

椎　名 八丈島から南に七〇キロくらい。一七〇人しか住んでいないんですよ。

東海林 船で行くの？

椎　名 船で行った。でも着いたとき荒波で、タラップがぐわーぐわーって動いていた。それを降りて「よかった」と言ったら、向こうの人が、「お客さん何を言っているんですか。この島では帰りの船に乗れたらよかったというんだよ。降りたらどうなるか分からないよ」と。その通りで、もう翌日は欠航。釣りもできないの。荒れていて禁止。俺たちは船から降りられたけど、荷物は出せなくて。だから物資もないわけ。

東海林 コンビニはあるの？

椎　名 ない。スーパーみたいな酒屋があったから、俺、心配で、ビールの在庫はどのくらいあるんですか、と聞いたんだけど、おばさんが、「何日くらいかな……」とはっきり答えない。結局三日目に船に乗せてもらったんだけど、船の甲板に乗ったとき、「あー生きて帰れる」と思った。ビールがないことがあれほど恐ろしいとは。

東海林 でもあったんでしょう。

椎　名 だからおばさんが微妙なのよ。「あんたたち、何人いるの？」みたいな。

東海林 ほかのアルコールはあるんだろ？

椎　名 日本酒もウイスキーもある。でもビールはかさばるから。アルコールにしては効率が悪いんじゃない？

焼酎にわさびを入れて

東海林 僕、次は何か違うお酒を飲もうかな。焼酎ある？　あと炭酸ください。焼酎

椎　名　の炭酸割にわさびを混ぜるの、やってみたらおいしい。最近何かで読んだの。

東海林　へえ！　わさびをどのくらい？

椎　名　多めがいいの。わさびが沈んじゃうから常にこうかき回さないと。わさびがツーンとくるんだよ。まあ飲んでみなさい。

東海林　これはうまいです。

椎　名　わさびが意外に合うんだよ。

東海林　おいしいね。あ、あとをひくな。こんど雑魚釣隊で流行らせよう。いいこと教えてもらったわ。これ一人で飲むものだな。一人で、しみじみわさび酒を飲む夜は……みたいな。あの人はまだ来ない、なんて。

椎　名　きっと来ない。

東海林　絶対に来ない。ちょっと演歌っぽいね。

椎　名　雪が降っている……。

東海林　酒といえば、俺が嫌いなのはカラオケ。

椎　名　あれはいやだね。

東海林　カラオケで居酒屋がダメになっちゃったんじゃないの。

椎　名　バーとか狭いところで飲んでいたら、陶酔しているの。しかもオヤジが。

椎　名　あれは法律で禁止してほしいね。

東海林　そういう店は二度と行かない。国民運動として、あれを撲滅しないと。

椎　名　聞いている人は誰もいないでしょう。

東海林　ああいうところで歌いたいという気持ちがすでにおかしい。カラオケボックスならいい。

椎　名　だったらいいよね。他人に迷惑をかけない。歌と酒って本当はすごく深い関係があるんだよね。宴会歌というのがあって。流しのギター弾きがいて。みんな聞いていたんだよね。そこにカラオケ機械が入ってきた。たぶんあそこで道を間違えたんだね。ずっと楽器系で行けばよかったんだよ。ずっと手拍子、楽器で。

やっぱりビール

東海林　ビールは苦いけど、味覚的に、ビールのほかに苦くておいしいというものはあんまりないですよね。

椎　名　ビールに入っている、苦いヤツ……。

東海林　ほらほら。(笑)

椎　名　思い出してよ。

東海林　何？

椎　名　一番大事なヤツ。ビールの三要素で、水、麦芽、それから苦い……。なんで俺たちはすぐ忘れるかね。

――えっと……ホップですか？

東海林　どうしてホップが思い出せない。(笑)

椎　名　ホップも思い出せなかった。

東海林　二人がかりで。

椎　名　次に東海林さんと会うときには、「あれ」とか「それ」でいきそう。「あれやな」「そうそう」。(笑)

東海林　あれだろ。(笑)

椎　名　編集者は黙って聞いているしかない。

東海林　本当に出てこないね。一日かけても出ないことはある。

椎　名　お酒を飲むとますますコトバが出なくなる。

東海林　僕ね、世の中の飲食物の中で一番ビールが好き。最初に飲むのは必ずビール。

できれば生。自然に「プハーッ」て出るもんね。ああいう食べ物ってないでしょう。ラーメンを食して「プハーッ！」とか言わないよね。心からの喜びの声。椎名さんは？

椎　名　ご飯かな。

東海林　ビールとご飯とどっちが好き？

椎　名　ビール。……それはお父さんとお母さんとどっちが好き？　って子どもに聞くみたいなもんだよ。

東海林　いま仕方なく「ビール」って言った？

椎　名　いや、そんなことはない。やっぱりビールだ。

東海林　だから今日の結論は「ビールはえらい！」。ビールほどえらいものはない。

4章 仲間と酒編

おごられ酒はつらいよ

自分のペースで食事ができるときは嬉しい。

自分のペースで食事ができないときは悲しい。

ふだんは誰でもマイペースで食事をしている。

昼めしを定食屋に食べに行った場合がそうだ。

自分の食べたいサンマ塩焼きをたのみ、ホーレン草おひたしもつけてみっか、納豆もつけてみっか、やめてみっか、と、すべてがマイペースでいける。

一人で居酒屋へ行った場合もそうだ。

「エート、カツオの刺身いこう。いま戻りガツオ旨いんだよね。それから串かつ。あ、まてよ、カキフライがある。じゃ串かつやめてカキフライにする。それと焼き鳥を二本」

というふうに、自分の食べたいものを、自分の好きな分量たのむ。
こういうことができるのは、一人で行った場合に限る。
何人かで行った場合はいろいろとむずかしいことになる。

四人で居酒屋に行ってワリカン、という場合はマイペースというわけにはいかない。
みんなが注文する標準価格帯に合わせなければならない。
みんなが、モツ煮こみだ、枝豆だ、タコブツだ、ゲソ揚げだ、と騒いでいるのに、ボク、お刺身盛り合わせと天ぷらの盛り合わせとフライの盛り合わせとお新香の盛り合わせね、なんて奴は二度と誘ってもらえなくなる。
〝おごってもらう場合〟もマイペースというわけにはいかない。

スポンサーの懐具合《ふところ》を考慮しなければならない。

カツオの刺身食いたいなー、と思っても、カツオの刺身は七〇〇円だ。

七〇〇円、いいのか。

串かつ食いたいなー、と思ってメニューを見ると、その店は一人前一本となっている。

串かつ、せめて二本食いたい。

二人前、いいのか。

これが自分で払うのであれば、迷わず二人前注文するのだが、今夜はおごってもらうばっかりに一本で我慢しなければならず、こんなつらい思いをするのも、こいつがおごることになっているせいだ、と、スポンサーの男を睨《にら》んだりする。

ついこのあいだ、三人で居酒屋へ行った。

一人がスポンサーだった。

串かつがあった。串かつ食いたかった。鹿児島黒豚当店特製串かつというものであった。

メニューの写真を見ると一皿に二本のっている。

串かつに至るまでに、すでに、イカの姿焼きと自家製さつま揚げをたのんでいた。

いずれも一人前だった。

スポンサーの男（以下オゴリ氏）は、今宵は〝三人で一品〟でいく方針であるらしかった。

ちなみに自家製さつま揚げの大きさはコロッケ大であった。

コロッケ大さつま揚げ一つを三人で分けて食べる方針であるらしかった。

このことによって、オゴリ氏の懐《ふところ》豊かならずは、すでに明白な事実となっていた。

食いたい！
だけどこわい！
ウーッ
モツ煮こみ

　ここまでの進行状況は、おごられる二人が、食べたいものを「イカ姿焼き」「自家製さつま揚げ」と言うたびに、オゴリ氏がうなずくという形で行われていた。

　従って、ぼくが「串かつ」と言ったときも、オゴリ氏は黙ってうなずくのだった。

　三人で二本でいいのか。

　ぼくはオゴリ氏の顔を見たのだが、彼はすでに「次は？」という顔になっていたのであった。

　三人で二本、どうやって食べるのか。ぼくは

〝串かつは少なくとも二本食いたい人間〟である。それが三人で二本。

ぼくは勇猛をふるって、

「串かつは二人前取りましょうか」

と言ってみた。

彼は黙ってうなずくのだった。

事態は満足の方向で収束しつつあった。

ところが事態はここから急変する。

時間も遅かったせいか、鹿児島黒豚当店特製串かつは、あと一人前で終わりだというのだ。

串かつ二本が皿の上にのってやってきた。

オゴリ氏は黙ってそれを見つめている。

事態を収拾するために、ぼくはとりあえず二本の串を抜き、それぞれを箸で半分ずつにした。

三人は半分の串かつをそれぞれ食べた。

皿の上に半分の串かつが残された。

その半分、ぼくが食いたい。

率先して食いたい。

しかし三人は、そのことにはまるで無関心、というふうに会話をはずませるのであった。

皿の上の串かつ食いたい。

しかしそれは出来ない。

皿の上の半分の串かつは、強引に分断されたがゆえに無残な姿になっていた。

残骸、といってもよかった。

それに手を出すのは、紳士としてためらわれる行為であった。

この残骸は捨てられる運命にあった。

でも食べたい。

その食べたいものが眼下にある。

手をのばせばすぐにでも食べられる。

でも食べられない。

でも食べたい。

でも食べられない。

こんなつらいことがあるだろうか。
犬だったらワンと吠えてヨダレをたらすところだ。
でもその串かつ、結局、ぼくが最後に食べちゃったもんね。

「まあまあ、ひとつ」

居酒屋に二人で入ってきて、とりあえずビールということになり、ビールが来ると片っぽうが、

「まあまあ、ひとつ」

と言いつついち速くビンを取りあげ、もう片っぽうが、

「いやいや、これは」

とコップを差し出す。

よく見かける光景です。

ここまでの描写、ヘンなところはひとつもありませんね。

二人の所作にも、発せられた言葉にも不自然なところはひとつもない。

言質を取っておきますよ、「不自然なところはひとつもない」と。

ところがです。

ここまでの居酒屋の二人の言動、すべてヘンなんです。

いいですか。

「まあまあ、ひとつ」の「まあまあ」とは何か。何を意味するのか。

「まあまあ」は相手を制する場合によく使われる。

相手が何か行動を起こそうとするのを制止して「まあまあ」が発せられる。

喧嘩の仲裁の第一声は「まあまあ」である。

居酒屋の二人の片っぽうがビールビンを取りあげたとき、もう片っぽうもビンに手を出そうとしているならば「まあまあ」はよくわかる。

だが、そのときもう片っぽうはおしぼりで顔を拭いているところだったのだ。

ほーら、ヘンじゃないですか。

ヘンなところはまだある。

「まあまあ、ひとつ」の「ひとつ」とは何か。何を意味するのか。

「ひとつ」の使い方にはいろいろある。

「顔色ひとつ変えず」とか「女手ひとつで子供を育てあげる」とか「ひとつ、このあたりで」のひとつ。

パーティーなんかで、「ひとつ、このあたりで山田さんのお言葉を」というふうに使われる「ひとつ」が、居酒屋の二人の冒頭の「まあまあ、ひとつ」に該当するものと思われる。

最初にビンを取りあげたほうの、「まあまあ、ひとつ」に置き換えてみますよ。

「まあまあ、ひとつ、このあたりで」

「このあたりで」と言ったって、宴は今始まるところであって、このあたりにもどのあたりにも該当しないじゃないですか。対する、

「いやいや、これは」

のほうだってヘンだ。

「いやいや」を広辞苑で引くと、①「いや」を重ねて否定の気持を強調する語。②いやだと思いながら（も）。

③幼児がいやがって首を振ること。とあって、相手に失礼なことを言ってることになる。

「いやいや、これは」の「これは」はどうか。

再び広辞苑に頼ると、「これは」は「感嘆・驚嘆して発する語」とある。

たかがビールを一杯ついでもらうだけで、感嘆して驚嘆する人いるか。

もしそういう人がいるならば、なんて白々しい奴、と軽蔑される。

このあたりで、この一件を総括してみましょう。

「日本の居酒屋では極めて不自然な言動によって酒宴が開始されているが、誰一人としてそのことに気づいていない」

こういうことになります。

不自然は常に改善される運命にある。従って、

「まあまあ、ひとつ」

「いやいや、これは」

の風習は改善されなければならない。

「まあまあ、ひとつ」

「いやいや、これは」

は使えなくなったわけだから、それに代わるものを考え出さなくてはならない。

さあ、どうする。

酒宴開始にあたって、二人の間に何らかの言葉が交わされなければならない。

二人、押し黙って開始するわけにはいかないのだ。

片っぽうがビンを取りあげて、

「――――」

と言い、もう片っぽうがコップを突き出して、

「――――」

と言うわけだが、この棒線のところの言葉を考え出さなければならない。

「エー、このたびは、そういうわけで、こういうことをするわけです」

「そういうわけでしたら、わたしはこういうふうになるわけですね」

もう少し具体的に言ったほうがいいかもしれない。

「ビール、つぎます」

「ハイ、受けます」

うーん、どうもうまくいかないな。

全然関係ないことを言うという手もある。

「イチロー、やりましたね」

「なにしろ前人未踏ですからね」

これが案外いいかもしれない。

これからはこれをルールにする。

「酒宴の開始時には、そのときの時事ネタを一言短く言う」

これを日本の酒宴開始のときのマナーとして習慣化させていく。

よかった。これで一件落着となった。

このほうが、「まあまあ、ひとつ」「いやいや、これは」よりよっぽどいい。

だが待てよ。

片っぽうが時事ネタを言って相手のコップにつぐ。相手も時事ネタを返しながらつがれる。

問題はそのあとだ。

日本の風習として、つがれたほうはこんどは相手につぎ返さなければならない。

そのときのやりとりはどうなるか。

「まあまあ、ひとつ」

「いやいや、これは」

ということになるんだろうなあ。

酌の問題

酌の問題はむずかしい。

ほとほとむずかしい。

酒呑みは好むと好まざるとにかかわらず、酌の問題から逃れることはできない。

酌はふつう、お酌、と、おを付ける。

酌だとなんとなく気品のある行為、凜々しい行為のように思えるが、お酌、と、おを付けると急にそういうものが失われる。

失われていやらしい部分、お酌に含まれる不純物が顔を出す。

ほんとに困ったもんです、お酌というものは。

酒の席に上下関係があるとそれがよけい顕著になる。

下の者が上の者にお酌をするときは、どうしても媚びる仕草になる。

上の者が下の者にお酌をするときは、どうしても「ホレ、飲め」的お酌になる。

偉いのや偉くないのが入り混じって五、六人で飲んでいる場合は、〝媚びお酌〟と〝ホレ飲めお酌〟があちこちで展開されていて、どの人もその使い分けをけっして誤ることがないところがエライ。

だから五、六人の中の一番偉くないのはお酌に忙しい。

ビールの場合、ほかの五人のコップの上部スキマに注視を怠らず、「スキマが四センチになったら注《つ》ぐ」という堅い方針を決めていて、そのことで頭がいっぱいになっているから、スキマが三・五センチでピタッと止まっている人がいるとイライラする。

四人なら四人が同格ならば問題はないかというと、これはこれでややこしい。

よっぽど親しい間でない限り、自分で自分のコップにビールを注いで飲むのは気がひける。

だから自分のコップが半分以上減っていて、早く誰かに注いでほしいのだが、他の三人が話に夢中になっていて気がついてくれない場合は相当イライラする。

かといって、残りのビールを全部飲んでしまってコップを空《から》にすることはしたないこととされている。

「あっ、気がつかなくて」

などと言って注いでくれると、

「あー、いや、なになに」

と、わけのわからないことを言いつつもとても嬉しい。

このときのこの人の笑顔ほど笑顔らしい笑顔はないなというほどのステキな笑顔になる。

いま、ほとんどの日本人は家庭では缶ビールを飲む。

ビールといえば缶ビール、家庭ではそのぐらい缶に親しんでいる。

だったら当然飲食店でも缶ビール、ということになってもいいはずなのにそうはならない。

飲食店では必ずビンで出す。

居酒屋でも料亭でも缶ビールは絶対といってもいいほど出てこない。

これはやはりお酌と関係があるのではないか。

お酌は一種の社会的行為であるから、そういう行為に用いる用具は、ある程度重々しいものでなければならない。

缶ビールは軽すぎる。

重さが足りない。

特に空になったとき軽すぎる。

ビンビールは空になっても重い。

これが飲食店で缶ビールが用いられない理由の一つである。

実際に缶ビールで「ま、おひとつ」などとお酌のやりとりをしているところをちょっと想像してみてください。

缶ビールでお酌をしてもらった人が、缶の穴の位置を確認して少し回したりしてから相手に注ぎ返しているところも想像してください。

３５０㎖缶、５００㎖缶の両方の場合を想像してみてください。ね、ヘンでしょう。

料亭の場合も想像してみてください。

料亭の座敷で、仲居さんがプシッ、プシッと開けて「先生、おひとつ」なんて言って３５０㎖缶から相手のコップにコボコボなんて注いでるわけです。

大座敷で宴会、ということになると、大勢いる中に必ず一人はお酌好きの人がいる。

この人はもうやたらにお酌をするのが好きで一人ずつ全員を回って全員にお酌がしたい。

ぼくの観察歴によれば、たいてい少し歯が出ていて、人が良くて腰の軽い人で、宴も半ばになると、「さて、ひとまわりしてくるか」なんて言ってヨロヨロと立ち上がる。この人には最初から目当ての人がいて、ビールビンを片手に、ヨロヨロとその人に近づいていく。

その人の前にどっかと座り、相手が何を飲んでいようと、「ま、ま、ま、ひとつ」とビンを突き出す。

この人には、スキマ四センチとか三・五センチとかはいっさい関係ない。

こういう
人には
どう
対応して
いいか
わから
なり
正座

スキマ五ミリでも「ま、ま、ま」と突き出すから、生ぬるくなっているビールをいやいや飲んでようやく五センチほどのスキマをつくると、「それグーッとあけちゃって」と更に突き出してくる。

こういう人への対策として、あらかじめウイスキーの水割りを作って置いておき、

「いまコレをやってますから」

と言ってもけっして諦めず、ウイスキーを探しに行って持ってきて、

「それ、グーッとあけちゃって」

と迫り、仕方なくグーッとあけるとそこへウイスキーをドボドボと注ぎ、「それ、グーッとあけちゃって」と大変なことになる。

こういう人の特徴は二つあって、何と言い訳しようと絶対に諦めない、というのと、自分が注いだものを相手がちゃんと飲むのを確認する、というのがあることは厄介である。

おやじの箸使い

今回はお箸についての考察を行いたいと思う。

いっとき、新聞の投書欄などに、「テレビに出てくるタレントの箸の持ち方がなっとらん。どういう家庭で育ったのか。親の顔が見たいっ」などという激昂おやじの投書がよく載ったものだった。

そういうふうに世間が騒がしくなってきたせいか、タレントのほうも気をつけるようになり、最近はみんな箸の持ち方がちゃんとしてきているようだ。

最近目につくのが、「いただきます」のとき、箸を両手で捧げ持って拝むような仕草をする人たちである。

「あたしって育ちがいいから、家でも外でもいつもこうしているの」

「ぼかぁ、食べ物に感謝の祈りを捧げてからじゃないと、物が食べられないんだよね」

中にはいい年したおやじまでが、「ワシ、良いおやじだから、こうして拝むんだよね」

公共箸
自家用
使用
おやじが
エライ
おやじだと
誰も注意
できない

という魂胆《こんたん》見え見えの連中がやたら目につくようになってきた。

おまえら、ずっと前からそれやってたんかーっ。

最近みんながやってるんでマネしてるんだろーがっ。

マネしてウケようと思ってるんだろーがっ。

おまえら、常にそうしてるわけじゃないだろっ。

屋台のおでん屋でさつま揚げ食うときもさつま揚げ拝むんかーっ。

トコロテン食うとき、トコロテン拝

むんかーっ。

おまえら、こうまで言われてまだやんのかーっ。

やんのか、このやろーっ。

……つい興奮してしまって申しわけありません。深く反省してます。

でも、どうも嫌いなんだよね、あれ。

どうも、わざとらしいんだよね。

だけど、たとえば男女とり混ぜて六人ぐらいで食事をするとき、他の五人が拝んでいる状況だったら自信持てないな。

あわててあとから拝んだりするんだろうな。

そういう自分が嫌だな。

だからみんな拝むなーっ。

特におやじは拝むなーっ。

ふだん、おやじは拝んでないんだよ。

その場に女が混じると拝むんだよ。

たとえばおやじが四、五人で居酒屋で飲むとき、一人でも拝んでるやついるか?
四、五人、全員で拝んでるやつ見たことあるか。

もしいたら気持ちわるいぞ。
宗教団体かと思われるぞ。
だいたいですね、おやじというものはもともと箸をぞんざいに扱う人種なんです。
居酒屋で観察してるとよくわかる。
一口、何か食べてそのへんにポイ。
焼酎のお湯割りをグビグビやりながら、

「もともとね、あの提案はオレが最初に言い出したんだよ。それなのに部長のやつが……」
なんてブツクサ言い、そのへんにポイした箸を取りあげてお新香をパクリとやってまたそのへんにポイ。
そういう日常なのに、その場に女性が一人でもいるとすぐ拝む。
その女性が箸袋を折ったり結んだりして箸置きを作ってそれに箸をのせたりしていると、急いで自分もマネして箸置きを作る。

そうやってカワイイおやじを演出しようとするのだ。

(ぼくもときどきやるけどね)

こういう箸置きおやじも、もともとは箸ぞんざいおやじであるから、箸に関する失敗はあちこちでやっている。

中華料理の円形テーブルなどは、このおやじにおあつらえ向きの場面だ。

円形ターンテーブルの上の大皿には必ず大きめの取り箸が添えてある。

なのにおやじはそのことに気づかず、自分の箸をジカに大皿の料理に突っこんだりする。

そのうち、みんなの視線でようやく気がつき、ようし今度からは取り箸を使って取るぞと決意し、自分の前に回ってきた大皿の料理を、ちゃんと取り箸を使って自分の皿に取り分け、なんだかホッとして、そのままその取り箸で食べ始めたりする。

途中で気がつくのだが、いまさらやめることもできず、かたくなにその箸を使いつづける。

こういうかたくなおやじは別の場面でもかたくなぶりを発揮する。

わりに親しい人同士のホームパーティなどで、いくつかの大皿に料理が盛られている。

大皿から自分の小皿に料理を取り分けるとき、礼儀正しい紳士をアピールするために、いちいち箸の上下を持ち替える。

何回かそうやっていちいち持ち替えて料理を取っているうちに、他の人たちは誰一人としてそういうことをしていないことに気がつく。

そういうことをしないことで、親しさを確かめあおうという意図もあるのだ。

しかしおやじはかたくなに自分のやり方を改めない。

そういう人々の中で、おやじ一人だけがいちいち箸を持ち替え続けている。

こっちが正しいんだ。正しいことをして何が悪い。

最近の若い人たち、特に若い女性の考えはこうだ。

「あれって、いままで自分の手で、あの脂ぎった手で、ジカに握っていたところを突っこんでるわけでしょ。うー、キモチわるい」

なのにおやじは、また箸を持ち替えて料理に突っこんでいく。

生ビールへの道

これほどノドが乾いたことはなかった。

カラカラ、ヒリヒリ。ハーハー、ゼーゼー、炎天下の道路を半日歩きまわった犬のようになった。

真夏の陽盛りの午後一時から二時間、炎天下のグラウンドで野球をやった。

グラウンドに立っているだけでクラクラ目眩《めまい》がする。

クラクラしながらも、飛んできたボールを全力で走って追いかけなければならない。

投げなければならない。

噴き出る汗の量たるや大変なものだった。

いまタオルで拭いたばかりの腕は、次の瞬間、タラコの粒々のような汗でびっしりとおおわれる。

タラコの粒は、あっというまにイクラ大に成長し、流汗リンリ、発汗ボタボタ、したたり落ちて大地をうるおす。

二リットルほどの汗が、体から出ていったはずだ。

乾いた雑巾をさらにしぼって乾燥機に二時間ほどかけ、それをアフリカの砂漠に持っていって二週間ほど放置した、というようなカラダになった。
もはや一刻の猶予もならぬ。待ったなし、いますぐ、この場で生ビールをゴクゴク飲みたい。
なのに状況はそういうことにはならなかった。周辺がなんだかモタモタしている。「渋谷まで行って生ビールでも飲みましょうかァ」なんてノンビリ言っている。
ここは駒沢公園の近くのグラウンド

だから、渋谷まで二十分はかかる。

今回の野球は、町内会野球に助っ人のようなかたちで参加したので、自分の意のままに行動することができない。

とりあえず、グラウンドから駒沢大学駅まで、炎天下の道を歩く。ノンビリ歩く。「ノンビリ歩いてる場合じゃねーだろッ」と思いつつも、みんなの歩調に合わせてノンビリ歩く。

途中に蕎麦屋があった。

蕎麦屋のビンビールでもいい。

蕎麦屋だろうが、牛丼屋だろうが、定食屋だろうが、キャバレーだろうが、ビールのあるところならどこでもいい。なのにみんなは、試合をふりかえったりしながらノンビリ歩く。

「いまはふりかえってる場合じゃねーだろっ。いまはビールだろっ」とたけり狂いつつも、「そうですよね、あすこんとこは、やっぱりスクイズだったですよね」なんて相づちをうちながらノンビリ歩く。

二十分後、一行は渋谷の駅を出て、目的の店に向かって歩いていた。

どうやら焼き鳥屋に向かっているらしい。

駅から七分ほど歩いてようやく焼き鳥屋に到着。一行九名は、このあたりでようやく行動が敏速になって、ドドドドと二階に駆けのぼっていった。

（いい傾向になってきた）と、ぼくもあとに続く。

テーブルを三つくっつけてもらって九名は席につく。

ここまでくればビールはもうすぐだ。

長い道のりであった。

エラの張った、パートのオバチャンらしいのが近寄ってきて伝票を構える。

こうなれば、もうあと、二分後には、冷たく冷えたジョッキを手に持ってゴクゴクやっていることになろう。

「あのね、ボクはね、生ビール大」

「オレ、中」「オレも中」

「わたしは小でいいです」「中ね」

「オレ大ね」「ボク中」「オレ大」

「そうするとアレですか。大が4に中が3ですか」

「いや、中は4じゃないの」

「すみません、もう一度一人ずつ言ってください」

何ということだ。いまは一刻を争っている時なのだ。大も中も小もないっ。こういう火急な場合は、間《あいだ》をとって中と決まっているものなのだ。

「中を九つ」。これでいいのだ。

「とりあえずそれだけ急いで持ってきて」。これでいいのだ。

そうすれば、エラの張ったオバチャンは、ただちにキビスをかえしてビール中を九つ、ジョッキに注いで持ってくることになるのだ。

「オレ、生《なま》ってあんまり好きじゃないんだよな。ビンにしよう。一番搾りある？」

「ウチ、アサヒだけなんですけど」

アサヒでもキリンでもライオンでも、何だっていいじゃないか。

「ボクね、やっぱり中やめて大にするわ」

大でも中でも、アサヒでもマイニチでも何でもいいではないか。

「エート、それからね、焼き鳥のほうは、オレ、この手羽先焼きっての、いってみたいな」

「ボクはツクネ」

ああ、何ということだ。

とりあえず、ビールだけ急いで持ってくるはずではなかったのか。

「このさあ、アスパラ焼きってのもいいんじゃない？　栄養のバランスもとれるし」

あのね、バランスはいつでもとれるの。あしたでもあさってでもとれるの。

いまはビールをいかに早く持ってきてもらうかが問題なの。

人間は集団を組んで生きていく生物だ。集団にはリーダーが必要だ。われわれの集団にはリーダーがいない。

「じゃこうしよう。何でも九本でいこう。手羽先焼きを九本。ツクネを九本。アスパラを九本」

ああ、ついにリーダーが出現したのだ。これでこれからはうまくいく。

「あのさあ、ほかはいいとして、ツクネ九本ての、多くない？」

「じゃあ、五本ぐらいにしとくか」

「いや四本でいいよ」

あのね、ツクネはね、一本ぐらい多くても少なくてもどうってことないの。

その後、五分ぐらい様々にもめたあと、オバチャンは伝票にゆっくりと文字を書き

こみ、ゆっくりと本数を確認し、うなずき、ゆっくりと立ち去っていった。

それからビールのサーバーのところに行き、ゆっくりとビールをジョッキに注ぎ始めた。

もう少し手早く注ぐこともできるように思えたが、オバチャンは、（自分の人生に改善すべき点など一つもない）という決意をエラのあたりで示しつつ、ゆっくりゆっくり注いでいくのであった。

じいさんビアガーデンにゆく

わたしらおじさんはビアガーデンというものをどのように認識しているか、そのことをまず書いておきたい。

なぜかというと、わたしらおじさんが認識しているビアガーデンと、最近のビアガーデンには大きな違いがあるということがわかったからだ。

わたしらおじさんにとってのビアガーデンといえば、まず第一に屋上にひるがえる提灯である。

運動会の旗のようにいくつもつらなる提灯の列。あれこそがビアガーデンのシンボルだった。

ところがいまのビアガーデンは提灯をつるさないという。

それから生ビールの大ジョッキをいくつも腕に抱えたバイトの男子学生。いまふうに言うとジョッキ男子。これも消えたらしい。

チケットの購入システムもだいぶ変わったという。

わたしらのころのシステムは、ビアガーデンの入口で、ショーケースのサンプルを見ながら「大ジョッキとヤキトリと枝豆」とチケット嬢に告げると、それぞれの食券を渡してくれたものだった。

いまは食券がないという。

食券なくしてどのように注文品が配達されるのか。

お新香がないらしいというのも気がかりだ。

わたしらおじさんは、酒を飲むときにお新香がないのはとても寂しい。

「いろいろ変わったようだが、久しぶりに行ってみようじゃないの」

と、いつもいっしょに居酒屋で飲んでる飲み仲間三人、意見一致してビアガーデンに行ってみることになった。

三人とももう十年ぐらいビアガーデンに行ってない。なんだか浦島太郎の心境である。

目ざすは新宿の京王デパートの屋上にある「京王アサヒスカイビアガーデン」。

エレベーターで屋上に上がる。

屋上に出ると、見上げれば必ずあった提灯がない。

「寂しいのう」

「あれがビアガーデンのシンボルじゃったのにのう」

ッタクモーッ
こういう人は一人も見かけませんでした

と、いまや完全に浦島太郎の心境になった三人は入口に向かう。なんと行列ができている。

ビアガーデンはいまや大盛況なのだ。あまつさえ「ただいまの待ち時間30分」という、全国駅弁大会の行列でよく見られる立て札がある。

そういえば京王デパートは正月の全国駅弁大会で有名なデパートだ。

「これはきっと、駅弁大会のときに使ったやつを取っといたのかもしれんのう」

「始末のよいことじゃのう」

行列の途中に行列係の人が立っていて、われわれじいさん三人組を見ると無線でどこかへ連絡して紙きれに「33」と書き入れ、料理の写真入りのメニューと共に渡してくれる。

じいさん三人、メニューに注目。

「おっ、焼き鳥がない」

「ビアガーデンといえば焼き鳥じゃったのにのう」

「やっぱりお新香がない」

「つらいのう」

結局、大ジョッキ（900円）、枝豆（420円）、ポテトフライ（420円）を三つずつ注文することにしてチケット嬢にその旨を告げると、先ほどの紙きれのテーブル番号を聞かれ、レシートは渡してくれたが食券は渡してくれない。

ここで別の案内女子が現れ、33の数字を確認するとじいさん三人を引率して33番のテーブルに向かう。案内女子はレシートの内容を確認することなく行ってしまう。

「これからどうなるんじゃろう」

「不安じゃのう」

と心細がっていると、注文の品々を抱えたジョッキ女子がやってきた。

席番号33だけで、あとはコンピューターが処理して現物がやってくるシステムらしい。

とにもかくにも「カンパイ」、そしてゴクゴクゴク。

うん、やっぱりビアガーデンはよいのう、天井がないのがよい。天井はあれはいけません。東京ドームで飲む生ビールはいけません。飲むなら神宮球場です。空です。風です。星です。ざわめきです。ビアホールのざわめきは内にこもるが、ビアガーデンのざわめきは風で飛んでいく。しゃべったそばから飛んでいく。

ビアガーデンで飲んでる人々

というようなことを、「ざわめきじゃのう」「風じゃのう」というような言い方でしゃべり合いつつジョッキを重ねる。

やっぱりあれですね、非日常ですね、ビアガーデンのよさは。見渡せば人人人。その数600人。

孤食などということがいわれているが、こんなに大勢の人といっしょに飲み食いすることなんてほかにあるだろうか。

600人が全員ビールを飲んでいる。遠くの、はるかかなたの人もビールを飲んでいる。

みんなでかくてずっしり重いジョッキを上げ下げして飲んでいる。

上げ下げしながら、全員が大声でしゃべっている。ふだんの三倍ぐらいの大きな声でしゃべっている。そして笑っている。みんな上機嫌だ。機嫌のわるい人は一人もいない。これだけの人数の人がいっせいに上機嫌などということがほかにあるだろうか。

ジョッキだって非日常だ。
こんなに大きくて重い食器、ふだん使ってるか？　非日常にはつらい非日常もあるが、ここは楽しいほうの非日常だけだ。
「つまりじゃ、ここは一種の楽園、ひとときの楽園、かりそめの楽園なのじゃ」

5章 昭和の酒編

酒は涙か溜息か

お酒の飲み方はむずかしい。

ぼくはお酒の飲み方で、いつも苦労ばかりしている。

気の合った仲間同士で、飲み屋やバーへ行って飲む、こういうときは何の苦労も要らない。ごく自然に酔い、ごく自然に会話を交し、ごく自然に、

「じゃ、そろそろ帰ろうか」

ということになって、ごく自然に家に帰り、ごく自然に眠りにつくことになる。

問題は、気の合わない同士の酒である。

気の合わないということもないが、ま、あまり気心の知れない同士でお酒を飲むときである。

この「ごく自然に」という部分で、ほとほと苦労するのである。

例えば「おごられ酒」というのがある。

しかも、あまり気心の知れない相手である。

まず最初、

「ま、なんか食べながら飲めるところにしましょうか」

ということになり、縄のれんにはいる。

まずおしぼりが出る。

双方、手と顔を拭きつつ、首を回して店内の「しながき」を眺める。

「今日は冷えますな。まずお酒といきましょうか」と相手が言う。

「結構ですな」と、ぼくが答える。

本当は結構ではないのである。

ぼくはいつも、なにを飲むにしても、まず最初はビール、と堅く心にきめている人間なのである。

それはもうここ十年ぐらい、ずっとそういう方針で人生を生きてきた人間なのである。

だが、今日のお勘定は相手が払うのである。

わがままを言ってはならぬ。

それからもう一つ、お酒を飲む場合は、なんでもいいからなにか一口、おつまみを食べてから一杯、そういう段取りも決めている人間なのである。

そうやってぼくは今日まで生きてきたのだ。

それなのに相手は、ビール抜き、おつまみ抜きで、いきなり日本酒である。

ぼくが十年間、堅く守り続けてきた人生方針が、ここであえなく崩れてしまうのである。

情けない。

相手は、深く傷ついた当方にはなんのいたわりもなく、「ままま……」などと言いながら湯気の立つ熱いお酒をお猪口《ちょこ》に注いでしまう。

なにが、「まままま」だ。

相手は、「それじゃ」などと言って軽く乾杯の所作《しょさ》をしてグッと一息に飲む。

ぼくは仕方なく、ビール抜き、おつまみ抜きの熱カンをグッと飲む。

残念が残ってちっともうまくない。

次には、おつまみ決定の問題が待ちかまえている。

これがなかなかにいろいろと問題があるのだ。

「エート、そうだナ」

相手は「しながき」を一つ一つ点検しつつ考えをめぐらしている様子である。

ぼくはさっき店に入ったときから、「しながき」を見てブリの照り焼きと堅く心に決めている。

今日はどうあってもブリの照り焼きを食べるのだ。

だが今日は、おごられる側である。

いくら堅く心に決めてはいても、ぼくの一存では決定しかねる。

値段の問題もある。相手にあまり散財させてはならぬ。

「ハマチの刺身はどうですか」

「あ、いいすね。それいきましょ」

ぼくはギトギト脂ののってる魚は嫌いなのである。第一太る。

だがブリの照り焼きは、ハマチの刺身よりやや値段が高い。

おごられる者は、おごる者より高いものを食べてはいけないのがエチケットである。

「うん、このハマチ、脂がのっておいしそうだ。ぼくもハマチにしようと思ってたんです」

などと、余計なことまで口走って、泣く泣くハマチを頬張る羽目になる。

ビールもダメだった。おつまみ一口もダメだった。ブリの照り焼きもダメだった。

みんなみんなダメだった。情けなさに涙さえこぼしつつハマチの刺身を頬張る。

しかも今日の相手は、ゆっくりチビチビとお酒を飲む。

最初からゆっくりチビチビなのである。

ぼくの飲み方はどちらかというと、最初は急ピッチで飲み、やや酔いがまわってからゆっくりチビチビにペースを落とす、というたぐいの飲み方なのである。

そういう方針で、ここ十年間やってきたのだ。

なのに相手は、最初からチビチビなのである。

おごられ酒の場合、自分のペースでお酒を飲むことはできない。

相手のペースに合わせなければいけないのである。それがおごられ酒のエチケットなのである。

相手が一口飲んだら、それを横目で確認しつつ一口飲む。そして相手の二口目を待つ。

相手が二口目を飲んだら、「ソレッ」とばかりに二口目を飲む。

常に相手よりワンテンポ遅らせなくてはならないのである。

おごり側が、まだ三口しか飲んでないのに、おごられ側は、すでに五口も飲んでいた、などということは仮そめにもあってはならないのである。

もし仮にもそういうことがあった場合は、おごる側は、「今日は不愉快だ、帰るッ」と、決然と席を立ってもよいことになっているということを、ぼくは通産省*のお役人から聞いたことがあるような気がする。

だからおごられ側は、常に相手が何杯飲んだか、ということを監視していなければならない。

相手の徳利の残量は、常にこちらの徳利の残量より少なくなければならないのである。

不幸にして、相手への監視を怠り、その比較ができなくなった場合は、相手が傾けた徳利から出るお酒の流出量から判断しなければならぬ。

「フム、あの傾斜角度であの流出量ということになれば、残留量はちょうど徳利三分の一というところかな。では当方は、もう二口飲んでもいいということになる」

こういった細密な判断をしつつお酒を飲まなければならない。

その点、ビールの場合は楽である。

ビールのビンもコップも透きとおって見えるからである。

残量は常に明白である。

だが明白だからといって油断してはならぬ。

ビールの場合にも、おごり、おごられの厳然としたエチケットが存在するからである。

店のおやじがビールをカウンターに置く。

ここでおごられ側はビンに手を出してはならぬ。

まず最初の一杯はおごり側が注ぐ。

しこうしてのち、おごり側は自分のコップにビールを注ごうとする。

このとき、おごられ側は初めて、「あ、わたくしが……」と言って少し立ちあがり、ビールビンに手を出す。

だが、おごり側が、「いや、ままま」というようなことを言ったら大人しく引き下がらねばならぬ。

「いえ、どうあってもわたくしが」と、ビンを奪い返したりすると大ごとになる。ビールがこぼれ、ビンが倒れ、一張羅《いっちょうら》の背広にビールがかかり、果ては大喧嘩ということにもなりかねない。

閑話休題。

今日のぼくの相手は、最初からゆっくりチビチビなのである。

相手の徳利は、まだ半分も減っていない様子である。

当方のはすでに空《から》っぽである。

二本目を早く飲みたい。二本目を一刻も早く注文したい。身もだえしたいくらい二本目が飲みたい。

先程から何度も空の徳利を傾け、「あ、カラだ」という所作を何回も何回も繰り返しているのだが、相手は一向に気づいてくれない。

ああ、二本目、二本目、ブリの照り焼き、ブリの照り焼き、と、溜息ばかり出る。

何度目かの「あ、カラだ」のとき、相手が気づいてくれる。

「オ、カラですか」

「エ？　おや、カラだ」

しめた、ああやっと二本目二本目、と安堵の胸をなでおろしていると相手は、

「じゃ、どこか次へ行きましょうか」

などと意外なことを言って、急速にお勘定の段階にたちいたってしまう。

情けない。

このお勘定の段階が、これまたなかなかにむずかしいのである。

いくら今日は相手が払うときまっていても、「当然」という態度で席を立ってはいけない。

たとえ、カタチばかりではあっても、なんらかのやりとりがなくてはならぬ。

それが礼儀というものである。

相手が伝票を受けとろうとしている。

ここで急に気付いたように、

「あ、あの、それは……」と、曖昧な文句をつぶやかねばならぬ。

「なにをおっしゃいますか」

「でも、それはやはり……」

一応ポケットに手を突っこんでお金を出すふりをする。

相手の腕を摑むような仕草をする。

椅子をガタガタいわせたりする。

よろけてみせたりする。

とにかくいろいろやってみせる。

そして相手がお勘定を済ませた段階で、もう一度、「わたしが払えなくて残念」という無念の表情をみせ、店を出た段階で更にもう一度この「無念」を繰り返し、数歩歩いて更にもう一度、やや弱目に「無念」を繰り返してこの手続きは終了するのである。

このようにおごられ酒はちっともうまくない。その煩雑な手続きと経過を思い浮かべただけでうんざりする。

ではおごり酒のほうはどうか。

おごり酒は、これのまったく逆の立場に立つわけである。

なにしろぼくは、おごられ酒にはほとほと参っているから、相手の心理がよくわかる。

わかり過ぎる程よくわかっている。

「ぼくは最初はビールにしますが、なんにしましょう」

「わたしもビールでいいです」

この「ビールでいいです」のでが心にひっかかる。

「ここ日本酒もあるんです。ね、ありますよね」と店のおやじに同意を求める。

飲み屋に日本酒があるのはあたり前の話である。

「いっそ日本酒にしましょうか」

「いや、あの、わたしはどちらでも」

早くも大問題が発生する。

相手の本心を探らねばならぬ。

ビールが飲みたいのか、日本酒が飲みたいのか。

「今日は昼間暑かったからやはりビールといきましょうか」

「ええ、わたしはどちらでも」

ぼくとしてはビールの方向へ持っていきたいのである。

「しかし夜は冷えこんできたねえ」

店のおやじが余計なことを言う。

「うむ。冷える夜はやはり日本酒ということになるかなあ」

「日本酒もいいですな」

「しかし昼間は暑かったからなあ」

「しかし夜は冷えこむねえ」

「……」

ぼくは、すっかり逆上して、

「じゃ、熱カンにビールを混ぜて飲みましょうか」

などと、とんでもないことを口走ったりする。

なにしろぼくは、おごられ側の心理をよく知っているのだ。

相手は、ぼくのペースに合わせて飲むこともよく知っている。

ぼくは相手に横目で監視されているのである。

一口飲んでお猪口をカウンターに置く。

相手がすかさず飲む。

相手は早くも二口目を飲みたいと思っているかもしれない。

ぼくが早く二口目を飲まないと、相手も二口目を飲めないのだ。

ぼくはあわてて二口目を飲む。

カウンターにお猪口を置く。

相手はすごい酒飲みで、次から次へガブガブと飲みたいのではあるまいか。

ぼくはあわてて続けざまにガブガブ飲む。

口を突き出してただひたすら、お猪口に注いでは飲み注いでは飲み、息をつくヒマもない。

息ができない。苦しい。

おつまみを食べるヒマもない。

待てよ。相手は、小さなお猪口より、むしろコップでやりたいと思っているのではなかろうか。

「おじさん、コップ、コップ」

湯気の立つお酒をジャボジャボとコップに注いで、またしても息つくヒマもなく飲む。

うまくもなんともない。息が切れるだけである。体にだってよくない。

おごり酒もごめんこうむりたいものである。

それでは一人静かに飲む酒はどうか。

だれにも気兼ねなく、一人で、マイペースで、手順もなにも考えずに飲む酒はどうか。

これなら酒のうまさを満喫できるのではないだろうか、と人は考えるかもしれない。

ところが、これがまたどうして、大変な難物なのである。

むしろ、一人で飲むほうが、かえってむずかしいと言えるかもしれない。

気心が知れていようがいなかろうが、隣に一人、同席者がいるほうがまだマシと言えるかもしれない。

例えばたった一人で酒場へおもむく、これは大変な勇気が要ることである。

勇気も要るが決断も要るのである。

だいたい一人で酒場へ飲みに行こうとしているときは、鬱屈しているときである。

他の人はどうか知らないが、ぼくの場合はそうである。

飲まずにはいられない、というときである。

一人で飲みに行っても、どうせいいことは一つもあるまい、とわかっていながら酒場へ駆けつけてしまうのである。

いや待てよ、やはり、少しは「いいこと」があるかもしれないという期待はあるかな。

ま、それはともかく、だいたいにおいて、心穏やかならざるときが多いのである。長い長い逡巡のあと、「ヨシッ」と叫んでまなじり決して立ちあがる。勇気と決断とはこのことか、とさえ思う。

「行くぞッ。どうしても飲みに行くッ」

と叫んで玄関のドアを開ける。

死地におもむく、という感さえある。

お酒というものは、心楽しく和やかに飲むものである。

そんな、重大な決意とか、逡巡とか勇気とか、そういったものとは無縁のものである筈だ。

それがぼくの場合に限ってはそうではないのである。

中には、一人で気楽に酒場におもむき、絶え間なく談笑し、ホステスたちを笑わせ、大いにモテ、バーテンも笑わせ、ついでに出入りの酒屋にまでお世辞をつかい、「ゴッツォーサーン」などと陽気に挨拶して店を出てきて、「ああ、楽しかった」と叫ぶ人もいるが、こういう人は大抵バカである。

だいたいバーでモテている男は軽薄な男が多い。

いや、多い、ではなくすべて軽薄な男である。

バーでモテる男、即、軽薄、こう断定して差しつかえない。

であるからして、会社の上役なども部下の人物を見る場合、バーへ連れていくのが一番いい。

バーへ連れて行って少しでもモテたら、ただちにその男の評価欄に、「軽薄、もしくはバカ。大事を託すことあたわざる人物」こう記してもらいたい。

こういう男は、バーに入ってくるところからして軽薄である。

たいてい、「ヨッ」なんて言いながら肩でドアを押して入ってくる。

中には、ついでに軽く口笛を吹き添えるバカもいる。

「オッ、変わったね、店の雰囲気が」などと言いつつカウンターにすわる。

新しい女の子が入ったことを言っているのである。

自分では常連の大得意のつもりであるが店のほうではそうは思っていない。

その新しい女の子に煙草の火をつけてもらいながらバーテンの方を向き、

「どうしたい？　あれから」などと言う。

バーテンは「あれから」と言われても、何がどうあれからなのかさっぱりわからず、

「いや、まあ、いろいろと」と、曖昧に返事をする。

「何にします？」とバーテンが訊く。

「例のやつ」

口笛のバカは、ここぞとばかり重々しく言う。ここが常連のいいとこなのである。

だがバーテンは、例のやつが何なのかわからない。

「レモン厚切りにしてな」

と、口笛のバカが言って初めて、ジンライムらしいとわかり、レモンを薄切りにしてジンライムを差し出す。

ところが、この「例のやつ」は、どういうわけかジンフィーズだったのである。

彼は、ジンライムはあの匂いがいやでねえ、と常々このバーで言っていたのである。

なのに、出てきたのはジンライムである。

口笛のバカは、新しい子の手前、違うとも言えず、ジンライムを口をゆがめてすする。

ザマーミロ。

それでもこのテの男、どういうわけかバーでモテる。

こういう連中は、別に勇気も逡巡も決断も必要とせず、実に気楽に単独でバーへ来る。

そこへいくとわれわれは違う。

すでに、勇気と逡巡と決断という重厚な過程を経ているから、バーのドアを開ける段階からして彼らとは違う。

バーのドアの前で、第一回目の逡巡を行なう。そして第二回目の勇気と決断をもってドアを開ける。腕に力がこもっている。

口笛を吹く余裕などまったくない。あくまで鈍重である。

腕に力がこもっているから、勢い余ってバーの中へころげこむこともある。

だがニコリともせずムックリ起きあがると目を中空に据え、泳ぐようにしてカウンターにたどりつく。

ドアからカウンターまでが、長い長い道のりに思える。

だからカウンターにたどりついたときは、苦難と辛苦の末にやっと目的地にたどりついた、という感すらあるのである。

まずおしぼりで顔を拭く。

早くもこの段階で疲労を覚えるのである。

そして棚の酒ビンを重々しく眺めまわす。

ひとわたり酒ビンを眺め終ると、思案の果て、という感じで、

「水わり」と叫ぶ。

精神状態がもっと悪いときは、

「水わりィッ」

と、悲鳴に近い絶叫になることもある。

すでに、店に入ったときから飲むのは水わり、と決めているのである。

だが鈍重な闖入者《ちんにゅう》に限って、こういう演技をするようである。

そして一口、まずそうに水わりを飲むと、うろんな目つきで店内をグルリとねめまわす。まるでこれからインネンをつけようとしている愚連隊のようである。

怪しい雰囲気に、店側は警戒の色さえみせる。

当然女たちは寄ってこない。

だれも近寄ってこないから、ただひたすらウイスキーをあおる。黙々とあおる。

陰惨である。

あまりの陰鬱な空気に堪えられなくなったママが、おびえたような目つきで近寄ってくる。

「こちら、お静かなのね」と言う。

答えるべき重要な質問とも思われないので黙殺すると、ママは更にしらけ、タバコの煙を天井に向けて吐き出す。

双方しばし沈黙のあと、

「あとは勝手にせい」

という感じでママは再び遠方に去る。

一人カウンターの片隅に取り残されたぼくは、あとはただひたすらウイスキーをあおり、黙々とタバコを吸い、黙々と煙を吐きだし、大きな大きな溜息をつく。

そして、長く苦しく、切ない忍従のときを過すのである。

まことにもって酒の飲み方というものはむずかしいものなのである。

＊通商産業省の略称。現在の経済産業省。

某月某日

ぼくと椎名誠さんともう一人の計三人でビアホールへ行った。

椎名さんは抱腹絶倒の快著「さらば国分寺書店のオババ」の著者である。

ビアホールであるから飲物はまずビール。

これはすんなり決まった。

大か中《ちゅう》か、この部分で少しもめた。

大を主張する人が二名、中《ちゅう》が一名と分かれた。民主主義の原則からいえば、ここは当然大に落ちつくところであるが、中《ちゅう》の人が、

「中《ちゅう》で様子をみましょうか」

とさり気なくいったのである。この「様子をみる」という言い方には、人を納得させる強大な力があった。

大の人も、それほど強い大志向ではなかったらしく、全員なだれを打って「中《ちゅう》で収束」の方向に進展していったのであった。

しかしあとになってよく考えてみると、なにもジョッキの大きさを全員同じにする必要はないわけである。

大の人もいれば中《ちゅう》の人もいる、というほうがより民主的といえるのではないか。

ぼくは乾杯のときにこのことに気づいたのであるが、またもめるといけないので、そのことについてはなにもいわなかった。

ところが、このビアホールの中《ちゅう》は、かなり大きい中《ちゅう》で、中《ちゅう》というよりむしろ大というべき中《ちゅう》だったので、人々の心の中はわりにおだやかだった。

次におつまみを決めなければならぬ。

またしても民主主義が難航するきざしがみええた。

「おつまみ、なにをとるか」

この問題は考えだすときりがなく、あまり深く考えないほうがうまくいくものである。

椎名さんが、長さでいこうという提案をした。

「このメニューのね、最初のところから約六センチばかりもらいましょう」

「なるほど」

「あのねボーイさん。ビールのおつまみ六センチほどください」

「？……」

「このたて書きメニューのね、最初のところから六センチの範囲にある料理を全部ください」

ボーイはやっと納得し、

「そうすると、ピーマンから焼鳥までですね」

といい、おもしろくもなんともない、という顔で去っていった。おもしろくない。

六センチでおつまみの数七品。

このメニューの最後のほうは六百円地帯となっており、われわれの六センチは、二百七十円地帯から三百円地帯まででこと足りた。

それから三人でケツについて論じあった。
むろん人間の、それも女の人の、それも若い女の人のケツについてである。
テーマがケツであったせいか、ケツ論はなかなか出なかった。

ビールのおつまみについて

いよいよビールの季節がやってきた。

大ジョッキで生ビールの季節がやってきた。

大ジョッキ解禁。

別に冬や春や秋は大ジョッキ禁止というわけではないが、この季節は大ジョッキは似合わない。

大ジョッキは、やはり若葉のころからがよろしい。

ぼくなどは、桜が散り始めるころから、台所の棚のすみにしまってあった大ジョッキを取り出し、ようく洗い、乾かし待機している。

大ジョッキ解禁をいつにするかを考えている。

木々の緑が一段と鮮やかになったな、と感じた日が解禁の日である。

この日はいつもの壜《びん》ビールではなく、樽ナマとか、二リッタルとか称する生ビールを購入してくる。

さて、おつまみは何にするか。

大ジョッキ、樽ナマに合うおつまみは何か。

「ビールのおつまみといえば枝豆、これに決まってるじゃないですか」という人は多いが、はたしてそうか。

考えが甘くはないか。

ホラホラ、もっと合うものがあるでしょう。

その1　串かつ

ぼくは何といわれようと、第一に串かつを挙げますね。

トゲトゲと狐色に揚がって湯気をあげている二本の串かつ。そのかたわらには刻みキャベツ少々とカラシたっぷり。

串かつの串は、その全域をほとんど肉とネギに占領されていて持つところがほんの二センチ、というのがよろしい。

持つとこ（すなわち串の部分）たっぷり、串かつの部分少々、というのはよくない。

持つところがほんの少しで、

「いったいどこを持って食べろというんだッ」

と怒りながら食べるところに串かつの良さがある。

その短い串の部分を、左手の人さし指と中指と親指でかろうじてつまんで持ちあげると、ズシリと重く思わず取り落としてしまう。

「ほんとにもう、重いじゃないかッ」

と再び怒らなければならなくなる。

うれし泣きというのはあるが、うれし怒りというのもあるのだ。

うれし怒りしながら串かつを口のところに持っていく。

あ、その前にソースをかけなくちゃ。ソースの前にカラシを塗らなくちゃ。

順序としてはカラシ先、ソースあとが正しい。ソースをかけてからカラシを塗ると、カラシがうまくのっかってくれない。

カラシはたっぷり、ソースもたっぷり。

コロッケやカツにソースをダボダボかける人を、なぜか世間の人は白い目で見る。

ソースダボダボすなわち下品、という考え方が世間一般にあるようなのだ。

ソースダボダボだとなぜ下品なのか、一度世間一般に聞いてみたいと思うのだが、
それもはばかられるような雰囲気が世間一般にあるようなのだ。

だからぼくなどは、人前で串かつにソースをかけるときは、ダボダボとかけてから、

「あっ、かけすぎちゃった。こんなにたくさんかけるつもりなかったのに」という演技をしたりする。

それはさておき、したたるソースに注意しつつ一口めをがぶりと嚙《か》みとる。

一口めの部分は、なぜかたいていネギである。

「なんだネギかあ」

と少しがっかりし、このままでは済まされないぞという凶暴な気持ちになり次の肉の部分を素早く嚙みとる。肉とコロモとソースとカラシが口の中でいい具合に混じりあい、口の中が脂肪にまみれ、コロモのトゲトゲが口蓋《こうがい》を刺激したあとに、冷たく泡だつ生ビールを一気にグビグビと流しこむ。そうですね。最初の一口めだから、グビ

グビは少なくとも五グビぐらいは一気にいきたいですね。もう少し頑張ってみたいという人は八グビぐらいいってもかまいません。

ま、平均的には六グビ、ここでドンと大ジョッキを音をたててテーブルに置き、「プハーッ」と大きく息をつく。この時点で、

「キショーメ、さあ殺せ」

などの発言があってもいっこうにさしつかえありません。

人によっては、串かつの串を抜いて箸《はし》でバラバラにしてから食べる人がいるが、あれはやめてもらいたい。

串を抜いてしまった串かつはもはや串かつではない。ついさっきまで堂々の偉容を誇っていた串かつは、一気にバラバラのトンカツ、あるいはトンカツ屑とでもいった身分に転落してしまう。

串かつの威厳のためにも、あれは是非やめて欲しい。

その2　枝豆及びそら豆

「ビールといえば枝豆」という人は多い。

しかしぼくは、これを絶好の取り合わせとは思わない。

ただ枝豆は、ビール開始の儀式のような役割を持っており、これがなくても困る。

風呂からあがってテーブルの上に、とりあえずビールと枝豆がのっかっていたりすると、

「ウム、ウム」

などと一人うなずいてしまう。

夏ならば縁側にテーブルを持ち出し、かたわらには陶製豚型の蚊取り線香入れが置いてあって頭上には風鈴、庭にはヘチマ、こういう舞台装置が整っていると枝豆がいっそう似合ってくる。

身につけるものは当然浴衣《ゆかた》、手には桔梗《ききょう》の絵のうちわ、これでふところに一風入れて、「ではでは」とすわりこむ。

こういう状況になると、やはり大ジョッキより茶色い大壜のビールのほうが似つかわしい。

枝豆を一つ手に取り、しばし眺め、サヤを口にくわえて一粒ひしぎ出して噛みくだく。

ここで初めて大壜を手に取り、栓抜きで王冠をコンコンと二度ほどたたいてからプ

シュッと開ける。この場合の栓抜きは、缶切り兼用のとか、南部鉄土産物ふうとか、そういうたぐいのものではなく、「サッポロビール」などの文字の入った、メーカーおまけ単純ワッカ方式のがよい。

一時期、料理研究家などがいっせいに「王冠コンコン、ビールのためにいくない説」というのをとなえたが、どうしてあれがいくないのか。

あれをやるとビールの中の泡がどうのこうのして、炭酸ガスがああなってこうなるからいくない、ということらしいのだが、栓抜きでコンコンしたぐらいで、なにほどの震動をビール壜に与えるというのか。バカも休み休みいえ。

王冠コンコンは、日本の伝統なのだ。

日本のビール史に燦然《さんぜん》と輝く大発明なのだ。

食事のときの「いただきます」に相当するのが王冠コンコンなのだ。

夕暮れどき、あっちの家からもこっちの家からも、コンコンが聞こえてきてこそ、ニッポンの繁栄が確認され、ニッポンの平和が讃えられるのである。

陽も暮れるころニッポン中に、コンコンが鳴り響くとき、「民のかまどは賑いにけり」と、為政者は仁徳天皇の心境にひたることができるのだ。

ぼくは今こそ、「王冠コンコン」の復活を提唱したい。

なんか話が逸《そ》れてしまったが、そんなようなわけで枝豆はビールにとって大切な存在なのである。（論旨ちゃんとしてるかな）

枝豆は、食べて味わうというより、一種の手作業を楽しむ部分のほうが大きい。

枝豆は左手に持ち、一粒の下端部に親指と人さし指をあてがい、これを圧迫してやわやわと送り出し気味にする。そうしておいて、今度は上下の歯をこの部分にあてて再びやわやわとサヤの上部に移動させていってついに枝豆が口中にポロリと落下する。

落下を確認した口中は、ただちに咀《そ》嚼《しゃく》態勢に入ってその粉砕を試みる。

口へ入れるまでに、このような複雑にして高度な技術と作業を必要とする食物は少ない。

この作業を取り去ってしまうと枝豆

はとたんに色あせたつまらない食物になってしまう。

枝豆がすべて剝《む》かれ、たとえばドンブリに山盛りになって供されるという習慣になっていたとしたら、枝豆の今日の栄光はなかったにちがいない。

ドンブリに山盛りの剝き枝豆を、スプーンかなんかでしゃくって食べているところを想像していただきたい。

口ン中は枝豆だらけ、うまくもなんともないに違いない。

枝豆はやはり一粒ずつ、手間ひまかけて食べるのが正しい。

ではそら豆のほうはどうか。

そら豆は、枝豆と比べるとなんとなく上品である。

豊か、大様、育ちのよさ、といった点がみられ、立ち昇る湯気なども枝豆よりゆったりしているようにみえる。

陽性、陰性という観点からみても、そら豆陽性、枝豆は根クラである。

では実力はどうか。これは明らかに枝豆のほうが上である。味にコクがあり嚙みごたえもある。

応用、という点からみても、枝豆はやがて大豆《だいず》になり味噌になり納豆になり豆腐になり、豆乳にもなり、「カラダにエエよ」ということになる。

そら豆は悲しいかな何にもなれない。

そら豆も、「実力」などということを問われては迷惑かもしれないが、事実、評価はそうなっているのだから黙って甘受しなければならない。

枝豆はあれで高度な技術を駆使しているのである

読売ジャイアンツの投手陣に当てはめてみると、枝豆が西本、そら豆が定岡である。
西本は根クラで根性悪《わる》、という感じがあるが実力はある。枝豆もまたしかりである。

その3　焼肉

ビヤガーデンでゴハンを食べている人というのはまずいない。（いたら気持ちわるいだろうな）
ゴハンでビールという取り合わせは、

まず考えられない。

ではゴハンとビールは絶対に合わないかというとそんなことはない。

たとえば焼肉、この場合は韓国焼肉店の焼肉に限るわけだが、これが出てくると俄然ゴハンが似合ってくる。

焼肉店に入ってまず焼肉を注文する。

ぼくの場合はカルビが好きなのでカルビを注文する。

カルビ焼きはビールに実によく合う。

カルビに限らず焼肉のたぐいは、ビール以外は考えられない。日本酒に合わず、ウイスキーに合わず紹興酒もまた合わない。

そういうわけで、まず、

「カルビ、ビール!」

と注文する。

そうすると、もう当然というか必然というか肉体の摂理というか白菜のキムチを注文したくなる。

白菜のキムチもビールによく合う。

唐がらしで真っ赤に染まったうんと辛いやつを食べてヒリヒリになったノドに流し

こむビールはこたえられない。

一般的に辛いものはビールに合うように考えられているがそうとは限らない。

たとえばうんと辛いカレーライスを食べたあとのビールは意外にうまくない。

カレーライスの場合は、やはり氷の入った水が一番のようだ。

白菜のキムチは、辛いけれどもビールが合う。そこで白菜キムチを注文する。

白菜キムチを注文すると、もう当然というか必然というか、

「ゴハン！」

ということになる。

つまりキムチとゴハンは切っても切れない仲にあり、キムチとビールも切っても切れない仲にあるという相関関係によって、ビールとゴハンが結びつくのである。

いってみればゴハンは、キムチの連れ子としてビールと関係を持つのである。

ということは、ビールとゴハンは、継子《ままこ》関係になるわけで、この関係はうまくいかないかというとそうでもない。

それなりにうまくやっていくのである。

継子関係に悩んでゴハンが非行に走るということもない。

焼肉、白菜キムチ、ゴハン、ビールの一家は、複雑な家庭環境にありながら、それ

なりのまとまりをみせて団欒《だんらん》のひとときを過すのである。

その4　ピーナツ

ビヤガーデンなどでは、ピーナツは袋のまま供される。お皿の上に袋ごとのっかって出てくる。

この袋を破って、お皿の上に全部ザーッとあけてしまう人がいるがあれはよくない。お皿にあけられたピーナツは、平らに展開し、なんとなくうそ寒く食欲をそそられない。

お皿に盛った、というより、こぼした、という感じがして哀れである。

したがってビヤガーデンでは、ピーナツはお皿にあけないのが正しい。

袋の一部を破って、そのまま立てておくのが正しい。

ピーナツはどうやっても盛りつけることができないから、これがピーナツの盛りつけなのである。

食べる人は、やっかいではあるが、その破れ口にその都度手を突っ込んでつかみ出して食べる。

ピーナツは、袋の中にあってこそその体面を保ちうる。

深鉢に入れて似合わず、ガラスの器に入れて似合わず、シソの葉、サラダ菜など添えても似合わない。

つかみ取るときは五本の指を使ってその先にはさまった分だけ取り出すのが正しい。

そうして、食べるときは、五本の指先ではさんだ三、四粒を口のところに持っていき、唇で一個だけさぐりあてて口の中に入れるようにする。こうなると、一個ずつ指でつまんで口中に放り込むより数倍おいしく感じられる。

一個つまんでは口中にパクリ、また一個つまんでは口中にパクリを繰り返していると、なぜか次第に情ない気持ちになっていき、いいトシしてこんなことしていいのだろうか、という自責の念さえわいてくる。

これを防ぐのが先述のつかみ取り唇さぐりあて方式なのである。

これだと不思議に情ない気持ちにはならない。

塩味のよくきいたピーナツはビールによく合う。

だいぶ前のことだが、ロサンゼルスはドジャース球場で食べたピーナツはおいしかった。生ビールに実によく合った。塩味がよくきいていたせいだと思う。

おやつとして食べるピーナツは、それほど塩っぽくなくてもいいがビールのおつまみの場合はうんと塩っぱいほうがいい。

ぜひ、ビヤガーデン専用塩味バッチリピーナッツというのを開発してほしい。

その5　シュウマイ

と思う人は多いかもしれないが、意外にシュウマイはビールに合うのである。

「シュウマイとは意外だ」

シュウマイの場合は、お箸ではなくやはり爪楊枝、これでいきたい。

シュウマイをおいしく食べるコツは、なるべくつまらなそうに食べることである。

つまらなそうに楊枝を取りあげ、つまらなそうに突き刺し、つまらなそうに、「なんだ、こんなもの」と少し眺め、つまらなそうにカラシ醤油にひたしつまらなそうにポンと口に入れると、おいしさが一段と増す。

真剣に食べてはいけない。真剣に食べるとおいしさが半減する。

シュウマイのおいしさはその大きさにある。

人間の口に対して大き過ぎず、小さ過ぎず、実にあっけなく口中に放りこめる。

この「あっけなく」というところもシュウマイの魅力である。

枝豆の場合の、あの複雑、高度な技術もなにもいらない。
口中に放りこまれたシュウマイは、口に余らず、ほどのよい弾力と、独得の香りがカラシと醤油と混じりあって、これまたあっけなく口中を通過してしまう。

なんとなく物足りない感じさえする。
だが、この物足りなさもシュウマイの魅力の一つなのである。
なんとなく物足りなく、ますますつまらなそうな顔になってもう一個楊枝で突き刺す。
口中に放りこむ。のみこむ。やはり物足りない。

その6　合わないもの

最後にビールに合わないものを列挙してみたい。憎しみをこめて列挙してみたい。

合わないものの筆頭は「酢のもの関係」である。

たとえば酢ダコ。酢ダコでビールなど、考えただけでもいまいましい。

納豆もよくない。

納豆を箸ですくってなんとか口中に収め、唇のあたりをネバネバさせながらジョッキに口をつける、というところを想像していただきたい。納豆だってビールが相手では可哀そうだ。熱いゴハンにかけてもらえればその本領を存分に発揮できるのだ。

ビヤガーデンなどで、ハムサラダをとってビールを飲んでいるOLがよくいるがあれもやめてもらいたい。ハムはまだしも、青い葉っぱでビールなど、いったい何を考えているのか。そういう光景を見ると、ぼくはいつもそばに行って、「それだけはやめてくれ」と懇願したくなる。

ビール苦いかしょっぱいか

こんなことをいうと笑われるのは覚悟の上でいうのだけれど、ぼくは世の中でビールぐらいうまいものはないと思っている。

人間が口の中に入れるものは食物と飲物だが、(女性などはこれ以外のものを口に頬ばることもあるらしいが) これをひっくるめて、一番おいしいのはビールである、といいたい。

カラカラに渇いたノドに放りこむビール、これ以上おいしいものが世の中にあるか！　といいたい。

このことを人にいって、まだ一度も賛成してもらったことはないが、それでもぼくは、たった一人でも叫びたい、

「ビールが一番うまい！」

と。

食通の方々は、「どこそこのフォアグラ食べたら頰っぺたが落ちた」とか、「いや、ナントカのキャビアが一番」とか、「なんといったって何某のスモークト・サーモン」などとおっしゃるが、なにがフォアグラだ！　なにがキャビアだ！　なにがスモークト・サーモンだ！

だれがなんといったってビールッ。

第一ですね、フォアグラにしろ、キャビアにしろ、スモークト・サーモンにしろ、ビーフステーキにしろ、これらのものはですね、たとえばまあ口の中に入れるとしますね。口の中に入れるとその次の段階として、歯で嚙《か》むことになります。

歯で嚙むんだけれど、全部の歯をいっぺんに使って嚙むわけではない。

たいてい奥歯で嚙む。

その奥歯も、右と左両方いっぺんに使って嚙むわけではない。右なら右、左なら左に食物を寄せて嚙みわける。

右側の歯で嚙んでいるときは、右側の歯と舌の右側の部分と、頰っぺたの裏の右側の部分だけで味覚を味わっているだけで、左側のほうは、いわば手すきの状態にある。

同じ身うちの口中でありながら、右側尊重、左側差別、こういうむごい仕打ちをしていることになる。

それでもって、まあ最後は舌の上にその咀嚼《そしゃく》したものをのせ、ノドのほうに送りこみ、ゴックンと飲みこんでそれでおしまい、と、こういうことになる。

食物には、ノドに送りこんだときの快感はない。

口腔という部署の中の、歯と舌と頬っぺただけが散々楽しんで、あと用済みになった食物を、ノドのほうにポイと放りこみ、あとはどうなと勝手に始末せい、ということになっているのである。ノドはいわば始末係である。

医者の世界なんかでも、咽喉のほうは耳鼻科のほうに区分けされており、ここでもノドは、口腔のほうとは隔絶されているのである。

ぼくはノドが不憫《ふびん》でならない。

ノドはいつも損な役ばかり受けもたされている。

そこへいくとビールはちがう。

ひとたび口中に放りこめば、右も左もない。上も下もない。

口の中全体にすみずみにまで平等にビールはゆきわたる。右の頬にも左の頬にも、上の歯にも下の歯にも、いつもは不遇をかこっている舌の裏側にまでビールはゆきわたる。

自由、平等、博愛。

あまつさえビールは、ふだんは後始末のみを受けもたされているノドにも充分な刺激を与え、日ごろの無沙汰、無礼を謝しつつ通過していくのである。

ぼくは味覚の点からのみビールが一番だ、といっているのではない。

ビールのこうした滋味あふれる性格、及び日ごろの行為をも加味した上で「一番だ」と、こういっているのである。

勲何等とかの勲章を与えるときは、その人の業績のみが授賞対象になるのではない。その人の日ごろの性格、及び日ごろの行為なども充分加味されると伝え聞く。

こうした意味あいを充分含んだうえでぼくはこういいたい。

「『自由が丘亀屋万年堂のナボナは、やっぱりお菓子のホームラン王』であることを認めるにやぶさかでないが、しかし『ビールは、やっぱり飲食物のホームラン王です』」と。

王選手ほどの説得力はないかもしれないが、これで「ビール、飲食物のホームラン王」説をある程度納得していただけたと思う。

乾ききったノドに放りこむビールは本当にうまい。

これが生《なま》であればさらに申し分ない。

夏の暑い日、大汗かいたあとで、ノドを思いきり拡げて冷たい生ビールを注ぎ込む。ノドが乾ききっているときは、冷たいビールが、口の中全体で吸収されていくような気がする。

舌からも、歯ぐきからも、頬の内側からもビールが吸収されていくような気がする。

ゴクゴクゴクと、ノドぼとけを上下させながらビールを体の中に流し込ませる。

ノドをチクチクと刺激しながら、ビールが体の中に流れ込んでいく。

口の中にほろ苦いホップの香りがあふれ、それが鼻腔のほうへ抜けてゆく。

ジョッキをドンとテーブルに置いて、ここで「アサヒの岩田サン」ならブヒャヒャヒャと笑うのであるが、ぼくの場合は、口のまわりの泡を舌でなめ取り、息せききって、

「ウメー」

とつぶやく。

食通の方々の文章を読むと、彼らはおいしいものを食べたとき、

「絶品！」

とか、

「絶妙！」

とか、

「精妙にして風雅！」

などと叫ぶらしいが、なにが絶品だ、なにが精妙にして風雅だ。

「ウメー！」

これに勝《まさ》る感嘆詞がいったいどこにあるか。

この「ウメー」には、人間の魂を根底から揺さぶる地鳴りのような響きさえあるではないか。

ビーフステーキ食べて、この「地鳴りのうめき」を吐く人がいるか。

げに恐るべきはビール、げに讃《たた》えるべきはビール、と、こういうことになるのである。

と、いったぐあいにビール絶賛党のぼくは、夏の盛りのある日、したたる汗をふきふき毎日の業務に励んでいたのであった。

業務に励みつつも、しきりに頭に浮かんでくるのは、大ジョッキにあふれる琥珀《こはく》色のビールであった。大ジョッキの底からは、小さな気泡が一つ二つと立ち昇り、大ジョッキの表面には、無数の水滴がビッシリとついているのであった。

「ゴックン」

と、ぼくは生ツバを飲み込み、また業務に励み、またビールを思い浮かべては生ツバを飲みこんでいた。

正午ごろからこの幻想がしきりに浮かびはじめ、業務はいっこうに進捗《しんちょく》しなかった。

幻想が浮かぶたびに、ぼくの体の仕組みがビールを受け入れる態勢になっていくように思われた。

口の中も、ノドも胃袋も、膀胱《ぼうこう》のぐあいまでもが、ビール受け入れ態勢OKとなっていくらしかった。

入口から出口までが、ビールの通過を心待ちしているらしいのである。

あとは本人の、「GO!」のサインを待つだけ、ということになっているようであった。

周辺がこう騒がしくなっては、本人としても腰をあげざるを得ない。

ここまで段取りができあがっていて、

「あとは殿のご決断を！」

と迫られて、それでも逡巡《しゅんじゅん》するようでは将としての資格を疑われる。

ぼくはただちに業務を中止すると夕方の町へ出ていった。

目ざすは新宿のビヤガーデンである。

真夏の夕方の陽《ひ》ざしは強く、町をゆく人は、うだったような顔をして長い影を引きずりながら歩いている。

仕事場のある国電*西荻窪の駅にはエスカレーターがあるのだが、ぼくはそれを使わず、階段を昇っていった。

なるべく汗をかこうという魂胆なのである。

ふだんならば冷房車を心待ちにするのであるが、このときばかりは、

「冷房車、くるなくるな」

と念ずる。

期待どおり冷房装置なしの電車が熱風をまきあげながらはいってきて、車内の人々

は、みなうだったように赤い顔をして呆然《ぼうぜん》としている。

姿勢をまっすぐにしている人はなく、全員が左右いずれかに傾き、目だけあけてやっと生きている、といった感じで肩で息をしている。

「ビールを飲みにいく電車はこれでなくてはいけない」

と思いつつ、さっそくぼくもその仲間に入れていただいて、体を傾け、肩で息をしつつ新宿に向かった。

新宿の駅を出ると上を見ながらフラフラ歩き、屋上にチョーチンが出ているところをさがす。

ビヤガーデンにはなぜチョーチンがさがっているのか。ビールとチョーチンといかなる関係にあるのか。

たとえば運動会の場合は万国旗ということになっている。ビヤガーデンは万国旗ではいけないという理由はない。

などと考えながらビヤガーデンをさがし歩いていてその理由がすぐわかった。ビヤガーデンにチョーチンがつきものなのは、チョーチンがさがっているところがビヤガーデンだということが一目でわかるからなのである。（このへんの理論、しっかりしてるナ）屋上のチョーチンをさがしあて、エレベーターで屋上に昇る。

このころになると、受け入れ態勢ＯＫの体調のほうは、

「もはや待ったなし」

というぐらいに切羽つまってきており、

「一刻の猶予もならぬ」

と、風雲急を告げるただならぬ気配を示していた。ノドがゴクゴク鳴る。口の中がねばつく。「殿」は威厳をとりつくろう余裕もなく、チケット売場に駆けよると、迷うことなく大ジョッキを注文した。六百円である。

それから串かつと枝豆を注文した。四百円と三百円である。

ナスとピーマンの油いため、というのも注文した。

夕暮れのビヤガーデンは、早くも半分の入りで、ぼくの隣はカンカン帽に濃紺の背広、メッシュの靴という五十がらみの紳士である。

この人とぼくの二人だけが単独の客で、あとは全員グループできている。

待つ間もなくぼくのテーブルに汗をかいた大ジョッキが運ばれてきてドンと置かれる。

続いて串かつと枝豆も到着する。

とりあえず大柄な枝豆を取りあげ、塩あじのきいた豆粒を二粒口中で噛みくだいたところで待ちに待ったずしりと重い大ジョッキを取りあげ、グビグビグビと飲み、呼吸をととのえてまたグビグビグビと飲む。

冷たいビールが口の中を、自由、平等、博愛の精神で通過し、ノドのところを日ごろの無沙汰を謝しつつ通過し、あまつさえ食道のほうにも快い冷感を与えて、最後はドシンと胃の腑《ふ》におさまった。

この時点で「ウメー！」という感嘆詞が、地鳴りのような響きをもって発せられたことはいうまでもない。

膀胱のほうへのご挨拶《あいさつ》はまだだが、そちらへはいずれまもなくなんらかの通知がゆくであろう。

「これで関係者一同への義理を一応果たした」

とぼくは満足し、少しおちついて串かつの摂取にとりかかる。

あるビヤホールの調査によると、ビールのおつまみのベストスリーは、
①ポテトチップス
②鳥の唐揚げ
③チーズ
という順位になっているそうだが、ぼくの場合はこれとかなりちがう。

ぼくの場合は、
①串かつ
②枝豆
③ソーセージのたぐい
という順になる。

串かつにソースではなく少量の食塩をかけ、カラシをつけて食べるとビールに非常に合うのである。

「串かつはやっぱり、ビールのつまみのホームラン王です」

とぼくはいいたい。

さて串かつをかじり今度は一気にビールをグビグビグビと飲み干すと、なにか急にツキが落ちたような気持ちになる。

あれほど渇望し、あれほどの期待と情熱をもって臨んだビールなのに、ジョッキ一杯飲み干してしまうと急にビールがうとましくなる。

ここのところが他のアルコール飲料と違うところのような気がする。

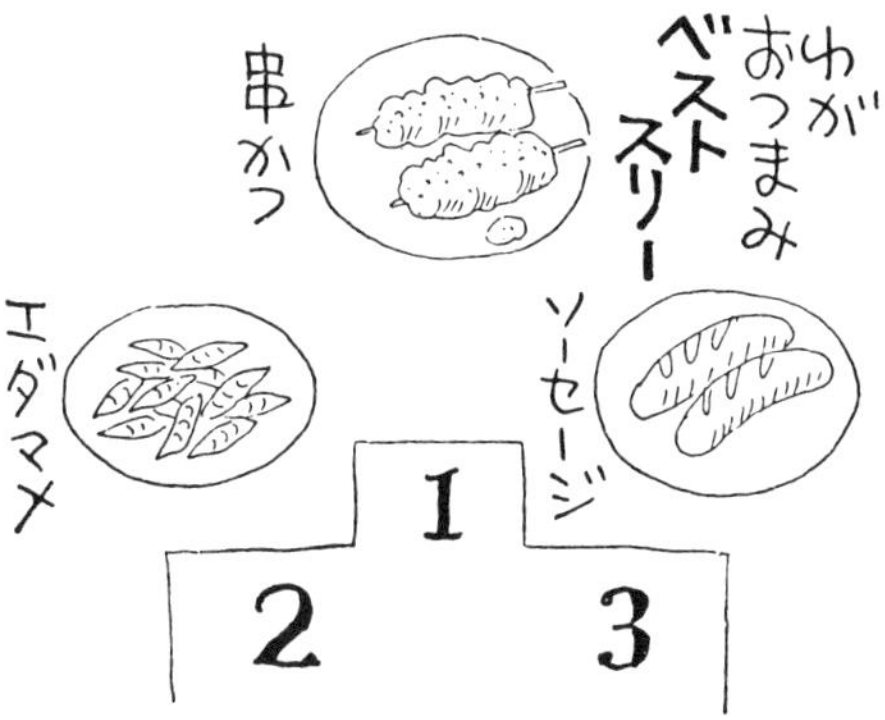

この気持ちはなにかほかの状態に似ているような気がする。期待と情熱と渇望をもって臨むのだけれど、一回終わると急にそれがうとましくなる、というような状態が、ほかの場合にもあったような気がする。
その状態には女性がからんでいるような気がするのだが、なぜかいまは思い出せない。
ツキが落ちて余裕が出てきたのでまわりを見廻す。
依然として単独の客は、ぼくと隣の濃紺の背広の紳士だけである。

ビヤガーデンに一人客とは似つかわしくない。他のグループ客が、ガヤガヤワイワイ談論風発しているのに、一人客はシンネリむっつりジョッキをかかえこんでいる。

ビヤガーデンの一人客には落莫《らくばく》というか不首尾というかそういった雰囲気《ふんいき》がつきまとう。

商談まとまらず、金策ならず、といった雰囲気がつきまとう。

隣の濃紺氏は、ポテトチップスのみで中ジョッキを完了し、二杯目の中ジョッキも、最初のポテトチップスで凌《しの》いでいくつもりらしい。

濃紺氏は不動産屋ふうの男で、遠い夕ぐれの町並みに目をやり、ポテトチップスを一枚つまんでポリッとやり、嚙み終わるとまた遠くに目をやり、なにごとか反省しなにごとか悔恨しまたポテトチップスに手をのばす。

もう一人の一人客であるぼくも、きっと他の客から「反省と悔恨の人」とみられているに違いない。

濃紺氏の向こう側には、男三人と女二人という若いグループがおり、これはすでに相当にできあがっているようすである。

女の一人は相当に酔っていて男の膝に突っ伏し、ウヒャヒャヒャと笑いながらヨロヨロと起きあがってはまた突っ伏す。

もう一人の女も、もう一人の男とお互いに肩を組み合い膝などさわりあって楽しげに会話を交わしている。

悲惨なのは三人の中央の男である。右側をチラリと見、左側をチラリと見、憮然《ぶぜん》として枝豆の皿をあさり、ヨロヨロと立ちあがってトイレに行く。目がすわっている。

そのつらい気持ち、ようくわかるぞ。

だからビヤガーデンというところは、グループで来さえすればいい、というものでもなさそうなのである。

ぼくの左側には、共稼ぎの夫婦らしいのが一組いて、これはすわったときから一言も口をきかず、それぞれ黙ってビールを飲み、それぞれ黙ってヤキトリの肉を串からはずしてそれぞれの口に入れる。

それ以外の客はみな楽しそうで、よくまああんなに話題が次から次へと出てくるものだと感心させられる。

概してヤングのグループは、グループとしての会話にまとまりがなく、めいめいが勝手にしゃべり、勝手に話題を変えていく。

句読点というものがない。

そこへいくと働きざかりのビジネスマングループ（ま、四十代ですな）はグループ

としてのまとまりがある。何事かヒソヒソと話していたかと思うと、突然全員そろってワッと笑い、

「しかしですなー、そういうことは、ままあるものですなー。たとえば……」

というふうに話が受けつがれ、その人がしばらくは語り手になり、他は聞き役となり、しかるべきところでは全員がワッと笑う。

秩序と安寧と平和がある。

客は客同士楽しそうに語り、飲みかつ食い、アルバイトの青年男女は、アルバイト同士、キャッキャッとふざけあい、出番を待つバンドの男女も、ヨーヨーなど取り出して楽しそうに打ち興じている。

ぼくがこのビヤガーデンにはいってきたときから、

(いいケツといいオッパイ!)

をしているので大変気に入ってひいきにしていた(気持ちの上だけで)アルバイトの女の子も、アルバイト青年と体をぶつけっこしたりしてはしゃいでいる。

(おれというものがありながら)

と、ぼくはおもしろくない。

(おれだけだァ、つまんないのは)

と、ひがみはじめたころ、舞台の上に女性のディスクジョッキーが登場して、なにかリクエスト曲はありませんか、という。

ぼくはさっそく配られたリクエスト用紙に「ビューティフルサンデー」と書き、書類の様式にしたがって住所と名前を書き提出した。

ところがいつまでたってもわが「ビューティフルサンデー」はかからないのである。ぼくの知らない最近の曲ばかり放送される。

（オレずれてんのかなー）

と反省し、

（相手にされなかったんだよなー）

とひがむ。

ディスクジョッキー同士で、

「この人古いのよねー」

と話しあっている声が聞こえてくるような気がしてくる。

それからしばらくして、やっと「ビューティフルサンデー」がかかった。

ところがこの「ビューティフルサンデー」は、ぼくの申請した「ビューティフルサンデー」ではなかったらしいのである。

「渋谷区にお住まいの山口さんのリクエストで『ビューティフルサンデー』をお送りします」

という放送でこの曲は始まったのである。

ぼくは屈辱と憤怒《ふんぬ》に体をふるわせながらこの曲を聞いていた。ジョッキに残っていたビールも怒りにまかせて一気に飲みこんだ。

すると曲の終わりに、

「ただいまの曲は、杉並区にお住まいのショージさん他《ほか》一名の方からもリクエストがありました」

という放送がなされたのである。

ぼくはホッとし、オレ古くなかった、と安心し、これが汐時だな、と思い、ヨッコラショと腰をあげてビヤガーデンを出ていった。

＊日本国有鉄道（国鉄。現在のＪＲ）の電車の略称。

［解説］

新久千映

夜な夜なひとり酒を楽しむ女性が主人公の漫画『ワカコ酒』の著者ということで解説のご指名をいただいた。大先輩の最新刊についてなど私に書けるのだろうかと途方に暮れていたが、いざ読んでみると冒頭から安心の連続であった。

私はビアホールの窓からキャミソールのおねえちゃんを探したりはしないし、女性の関心を引くためにワンカップの一気飲みを練習したりもしない。ところが、性別も世代も嗜好も異なる私が、たちまち共感を覚えずにはいられなかった。

第一章「ひとり酒の作法」では、涼しい顔をしながら、手持ち無沙汰のあまり店内の文字を隅々まで読みつくすという時間のつぶし方に、あまりにも身に覚えがあるのでどきりとした。なにしろ私は、ひとり飲み愛好者が生涯で幾度にもわたって訊かれるであろう「ひとりで居酒屋に行っていったい何をしているのですか」という質問に対し「お店のメニューを熟読しています」と答えることにしている。何か追加の注文があるのかな、という店員さんの気配りの視線が痛いこともあるけれど。『ワカコ酒』のワカコも作中で、頼んだ料理が登場するまでの間カウンターに並んだ酒瓶の文字なんかを読んで過ごしている。まるでどこかで見ていたのですかというようなシンクロぶりだ。

第三章では牛丼店やファミレスでさえ酒を飲む心理に、そうそうそう！が止まらない。酒好きは酒があったらどこでも飲みたいのだ。いや、酒に合いそうなものさえメニューにあれば、それは飲んでいい免罪符を得たようなものだと勝手に解釈するのが酒好きだ。他にもビールをおいしく飲むために適度な（？）運動や暑い思いをする、複数名で飲みに行くと、時に不本意な注文の仕方となるのが窮屈に感じる…など頷ける箇所は枚挙にいとまがない。

カウンターに並んだ
酒瓶の文字を読んでるだけでも
時間は経つよ
ぷしゃー…

エッセイは、「何を書くか」「それをどう伝えるか」という大きく二つの要素でできていると思う。「何を書くか」は著者の体験、エピソードそのものだ。珍しい体験や役に立つ情報であればそれだけで価値のある内容といえる。しかし本作ではどこにでもあるような店でふ

つうの中年男性が酒を飲んだり時々ちょっとだけよこしまなことを考えたりして過ごしているだけである。『ショージ君の旅行鞄』（文藝春秋）においても、海外も含め様々なところへ旅行した体験談がつづられているが、観光地へ出かけていって名物のつまみと酒にありついた、あるいはありつけないで帰ってきた…という日常の話が主になっている。しかしその一見ありふれたエピソードに、気がつけば忍び笑いがもれている。

こうなってくると「どう伝えるか」の手腕がたいそうすぐれていることがわかる。しばしば登場する具体的な地名や店名に、たとえそこを訪れたことがなくとも、飲みすけなら必ず通る思いを感じることができる。酒を前にしたとき、人はこうも似たような思いを持つのかと、自分の姿を客観的に炙り出されたようで気恥ずかしくさえある。一方で、ビールと枝豆の関係についてかくも熱く、原稿用紙数枚分も書いて披露してくれる。実は一人ひとりが、無意識に自分のやりかたでビールを飲み、枝豆を食べているはずだ。人はあまりそこまで深く考えないが、実は誰もが漠然と感じていることを形にして見せてくれるのが東海林先生だ。そして、「僕のやりかたはこうだ！」と心から酒を楽しむさまは、何事もオブラートに包むのが美徳とされる風潮の昨今にあって、共感できる場合はもちろん、他人と考え方が違ったときにこそ却って勇気をくれる。違うけどいいんだ、ひとりで飲むときはこうあってよいのだ、と再確認できる。直接言葉を交わすとか、盃を交わすということではなくても、先生の書く「酒」は、人と人とをつなげてくれる。

私が初めてひとり飲みを体験したときのことは、今もはっきり覚えている。そのころの私にとって外で酒を飲む＝飲み会・宴会であり、ひとりで居酒屋のカウンターに座ることに特別憧れていたわけではない。その晩も飲み会だった。それなりの人数の、ほぼ知らない人どうしが集まる、多少気の張るイベントだったため、酒も料理もそこそこにその場を辞した。しかしなんせ26歳の若さである。たとえおなかいっぱい飲み食いしてもなお、さあ〆は、デザートは何にしようかという胃袋である。どうしてももう一杯飲み、何か食べたかった。ほろ酔い加減で飛び込んだのは、「お好み焼き」の看板を掲げる老舗の居酒屋だった。気おくれとか恥ずかしさよりも食欲と飲み欲が勝った瞬間だった。

楽しかった。自分で行き当たりばったりに決めたのれんをくぐり、自分が食べたいものだけを注文する。こんな楽しい体験ならばいつでも大歓迎だと思った。

友人がたんまりいるタイプでもないので、飲み会の開催を待っていては欲ばかりがたまってしまうことになる。以来、飲みたいと思ったが吉日、誰とも日程を合わせるでもなく、ふらりと立ち寄れるひとり酒の魅力に取りつかれてしまった。

ひとり酒の良さはなにも注文する品とか日程を忖度しなくてよい、という点だけではない。

誰かと酒を飲むとき、それは同卓の人と時間を過ごすことが主な目的となる。おいしい料理や酒は、友人と楽しく過ごすための橋渡し役をこなしてくれる。一方ひとりで飲むとなれば、それは酒との対話である。東海林先生も述べているとおり他にやることがないのだから、それはじっくり酒を飲む。料理の断面を眺め、店内の喧騒や厨房の効果音に聞くともなしに聞き入り、二人連れ以上であれば触れ合うこともないであろう店主や隣の客と会話を交わす機会もある。己とも他とも向き合うことのできる、なんとも豊かな時間なのだ。

エッセイを読む目的は、レシピ集やガイドブックのような実生活のノウハウを手に入れることではない。ひとりで飲んでいるときに、ああそういえば東海林先生は居酒屋のこんなところを楽しんでいらしたなあとふと思い出すだけで、自分はどうだろうと酔いのまわった頭で考えてみるだけで、ひとり酒が運んでくれるほのかな幸せがひょっこり顔を出すだろう。

といいつつ、こんど焼酎の炭酸割りにわさびを入れて飲んでみよう。

（漫画家）

東海林さだお（しょうじ・さだお）
1937年東京都生まれ。漫画家、エッセイスト。早稲田大学露文科中退。70年『タンマ君』『新漫画文学全集』で文藝春秋漫画賞、95年『ブタの丸かじり』で講談社エッセイ賞、97年菊池寛賞受賞。2000年紫綬褒章受章。01年『アサッテ君』で日本漫画家協会賞大賞受賞。11年旭日小綬章受章。「丸かじり」シリーズ（文藝春秋）など、著書多数。

本書のうち、1・2・3・4章は『週刊朝日』に連載中の「あれも食いたいこれも食いたい」、5章は『漫画読本』に連載されていた「ショージ君のにっぽん拝見」、『オール讀物』連載中の「男の分別学」、対談は『中央公論』に掲載された著書のエッセイ及び対談を再編集したアンソロジーです。

だいわ文庫

ひとり酒《ざけ》の時《じ》間《かん》　イイネ！

著者　東海林《しょうじ》さだお

二〇二〇年七月一五日第一刷発行
二〇二一年一月五日第六刷発行

発行者　佐藤靖
発行所　大和《だいわ》書房
東京都文京区関口一―三三―四 〒一一二―〇〇一四
電話 〇三―三二〇三―四五一一

フォーマットデザイン　鈴木成一デザイン室
本文デザイン　二ノ宮匡
本文印刷　信毎書籍印刷
カバー印刷　山一印刷
製本　小泉製本

ISBN978-4-479-30821-8

http://www.daiwashobo.co.jp